INVENTAIRE
V35856

I0564703

V

INVENTAIRE
35,856

DES

BOISSONS ENIVRANTES

EN USAGE

CHEZ LES DIFFÉRENTS PEUPLES

PAR

G. CUZENT

PARIS

G. MASSON, ÉDITEUR

LIBRAIRE DE L'ACADÉMIE DE MÉDECINE

PLACE DE L'ÉCOLE-DE-MÉDECINE

1874

DES

BOISSONS ENIVRANTES

EN USAGE

CHEZ LES DIFFÉRENTS PEUPLES

35856

DES

BOISSONS ENIVRANTES

EN USAGE

CHEZ LES DIFFÉRENTS PEUPLES

PAR

G. CUZENT

BREST

IMPRIMERIE DE J. B. LEFOURNIER AÎNÉ, GRAND'RUE, 86

1874

(Extrait du *Bulletin de la Société académique*)

DES
BOISSONS ENIVRANTES

EN USAGE

CHEZ LES DIFFÉRENTS PEUPLES

---

§ I.

Origine des boissons enivrantes : le vin, l'alcool, l'eau-de-vie, le cidre, le poiré. — Boissons fermentées en usage chez les différents peuples : Gin, koumiss, vins du Douro, haschisch, bouza, opium, arrak, vins de palmiers, laqby, guarana, rhum, tafia, pulqué, kooi, chica, trulca, vins de coco et de nipa, tuba, arrak-tuba, kava ou ava.

De tous temps, les hommes ont été avides de boissons spiritueuses ou enivrantes, qu'ils se sont procurées par la fermentation des fruits sucrés de leurs pays, des sucs exprimés de diverses racines, ou par la fermentation du lait de certains animaux domestiques.

Les peuples sauvages ont toujours fait usage de boissons enivrantes dans leurs festins, dans leurs sacrifices, le jour de leurs mariages, à l'occasion des funérailles, en un mot, dans toutes leurs solennités.

De tous les fruits sucrés, le raisin est celui qui, par la fermentation, donne la liqueur la plus agréable. Le vin occupe certainement le premier rang parmi les boissons stimulantes et réparatrices.

C'est à Osiris, fils de Jupiter, surnommé Dionysus pour ce motif et parce qu'il avait été élevé à Nysa, dans l'Arabie .heureuse., que plusieurs historiens attribuent la découverte de la vigne dans les environs de cette ville.

D'autres, attribuent la découverte de ce végétal rameux à Noé, qu'ils considèrent comme étant le type du Bacchus des Grecs et du Janus des Latins.

Quoi qu'il en soit, la vigne vient de l'Asie mineure, et ce sont les Phéniciens qui en ont introduit la culture dans les îles de l'Archipel, dans la Grèce, dans la Sicile et en Italie. Parvenue à Marseille, elle s'est de là répandue dans toutes les Gaules.

La découverte de l'alcool, attribuée aux Arabes, remonterait à l'époque où ce peuple inventa l'art de la distillation pour extraire le parfum des fleurs et particulièrement celui de la rose. Soupçonnant la possibilité de retirer du vin, par la distillation, le principe de sa saveur, auquel ils attribuaient l'excitation particulière et l'exaltation que produisait ce liquide sur les sens, les Arabes en isolèrent l'*esprit de vin*, autrement dit l'alcool. Frappés de la volatilité de ce principe, ils l'appelèrent : *al-ca-hol, al-ka-hol, alkohol, alkool, alcohol,* mot qui dans leur langue signifie corps très-subtil, très-divisé.

On croit que c'est le chimiste arabe Albuca (Albucasa, Albucasis) qui, au XIIe siècle, retira le premier l'alcool du vin. Cependant, dès le VIIIe siècle, Marcus Grœcus et Razès parlent de l'*eau-de-vie*, ce qui prouverait que c'est à tort qu'on attribue la découverte de l'alcool à Albuca.

Arnault de Villeneuve et Raymond Lulle, alchimistes

du XIIIᵉ siècle, n'auraient pas non plus inventé l'art de la distillation, puisque Dioscoride, avant eux, a donné la description de l'alambic, qu'il appelle *ambica,* mot auquel on ajouta plus tard la particule *al.*

Arnauld de Villeneuve, né à Barcelone en 1245, a étudié et fait connaître les propriétés de l'esprit de vin *(spiritus vini),* et celles des autres produits qu'il a obtenus de la distillation. Cet alchimiste ayant professé la chimie à Montpellier, l'esprit de vin fut pour cela désigné sous le nom d'*esprit de Montpellier.* Dans son *Antidotarium,* Arnauld de Villeneuve dit que « la distillation du vieux vin rouge donne une *eau ardente* d'un excellent usage contre la paralysie. » Dans son traité *de conservandâ juventute,* se trouve un discours sur « l'eau-de-vin, que quelques auteurs appellent l'eau-de-vie, *aqua vitæ.* »

L'inventeur de l'*Athenor,* de la médecine universelle, le docteur illuminé Raymond Lulle, né à Majorque en 1235, l'élève d'Arnauld de Villeneuve, s'occupa de la recherche de la *pierre philosophale* ou *élixir des sages,* par la voie humide. C'est lui qui, le premier, rectifia l'esprit de vin en le distillant plusieurs fois de suite, au moyen de la chaleur du fumier. C'est encore lui qui fit entrer l'eau-de-vie dans la préparation de certains médicaments.

Au XVᵉ siècle, l'eau-de-vie n'était encore qu'un médicament que les apothicaires possédaient seuls dans leur officine, et ce ne fut qu'à la fin de ce siècle que l'eau-de-vie passa à l'état de boisson dans la classe du peuple.

Au XVIᵉ siècle, en 1514, Louis XII accorda à la corporation des *vinaigriers,* le privilége de distiller de l'eau-de-vie. Cette corporation s'étant démembrée en 1534, pour donner naissance à celle des *distillateurs,* l'eau-de-vie devint une boisson usuelle.

Le 20 janvier 1678, un édit du Parlement institua les

regratiers ou *placiers*, spécialité à laquelle s'adjoignit le droit de vendre au détail de l'eau-de-vie au peuple.

Ce n'est qu'à la fin du siècle dernier, et après de nombreux tâtonnements, que l'alambic actuel fut adopté, et qu'à l'aide de plusieurs distillations, on enleva à l'alcool l'eau qui l'affaiblissait. On se procura alors des eaux-de-vie à différents titres (degrés) que l'on dota de noms caractéristiques (trois-cinq, troix-six, trois-huit).

Enfin, on obtint l'alcool anhydre ou entièrement privé d'eau, l'alcool chimiquement pur ou *alcool absolu*, en mettant de l'alcool à 85 ou 90 centièmes en contact avec de la chaux vive, dans un flacon, et pendant vingt-quatre heures. On distille alors au bain-marie jusqu'à ce qu'il ne passe plus de liquide. On dissout dans cet alcool une quantité proportionnelle de potasse caustique fondue qui achève de s'emparer de l'eau que pourrait encore contenir le liquide, et on distille immédiatement à feu nu, ou dans un bain de chlorure de calcium, jusqu'à ce que les trois-quarts de la liqueur aient passé à la distillation.

Je ne parlerai pas plus longuement de l'alcool. Je passe également sous silence la théorie chimique de la fermentation alcoolique, les influences chimiques sous lesquelles l'alcool peut encore prendre naissance, comme celle, signalée par M. Berthelot, de l'hydrogène bi-carboné sur l'acide sulfurique pur et concentré, dont le produit étendu d'eau lui a donné, après plusieurs distillations, de l'alcool qui, ultérieurement traité par l'acide sulfurique, s'est décomposé en eau et en hydrogène bi-carboné. Je ne parlerai pas non plus du ferment, de la nature de ce végétal microscopique qui se développe spontanément dans les organes des plantes, ainsi que dans un grand nombre de matières azotées abandonnées à la putréfaction, ni des levures qu'il produit et dont l'action sur les liqueurs sucrées est différente.

Je n'ai pas à m'occuper davantage des moyens employés pour déterminer la densité de l'alcool, ni la richesse des liqueurs alcooliques. Il existe, à défaut des tables de Gay-Lussac, la formule de Francœur : $X = D \mp 0,4 \times T$; les ébulliscopes, l'appareil distillatoire de Salleron, etc.

Enfin, je n'ai pas à parler des effets de l'alcool sur l'économie, ni des principes dangereux laissés par la fabrication des alcools de betteraves, pas plus qu'à rechercher les moyens de combattre les effets désastreux produits sur l'intelligence et le moral de l'homme par l'alcool souillé de produits empyreumatiqués. Je sortirais du cadre restreint dans lequel j'ai voulu renfermer ce mémoire.

Le *cidre*, qu'on écrivit d'abord *sidre*, dérive du latin *sicera*, expression qui servait à désigner toutes les boissons fermentées autres que le vin Le mot cidre serait celtique d'après d'autres personnes. Cette boisson était connue des Hébreux qui l'obtenaient par la fermentation du jus des pommes et des poires. Les Égyptiens, les Grecs, les Romains, les Ibériens et les Celtibériens buvaient du vin de pommes et de poires, c'est-à-dire du cidre et du poiré. Les anciens Gaulois désignaient les pommes sous le nom d'*aval*, mot qui existe encore dans la langue bretonne.

Le cidre est la boisson populaire de la Normandie et d'une grande partie de la Bretagne. Les vergers d'arbres à cidre de ces contrées contiennent des centaines de variétés, qui sont toutes employées lorsqu'elles sont parvenues à une complète maturité. Les fruits piqués par les vers ou abattus par les coups de vent, et qui, avant leur entière

19

maturité, couvrent la terre aux pieds des arbres, servent à faire du vinaigre ou un cidre de qualité inférieure.

La récolte des fruits à cidre, ces vendanges normandes, se fait au mois de septembre, octobre ou novembre, en secouant les arbres pour faire d'abord tomber tous les fruits peu adhérents. Le paysan normand s'arme d'une gaule et frappe sur les branches auxquelles tiennent encore quelques fruits verts.

En Angleterre et en Amérique on n'agit pas ainsi : ce procédé brise de petites branches qui auraient fleuri et porté fruit l'année suivante. Les pommes se récoltent à la main, et on ne néglige aucune précaution pour éviter d'endommager les boutons à fruits.

Plusieurs procédés sont en usage pour écraser les pommes : nous ne nous arrêterons pas à ce détail.

Les *pommes acides*, rendent beaucoup de jus clair, très-léger, donnent un cidre sans force, sujet à noircir ou à se *tuer* (expression normande).

Les *pommes douces*, produisent peu de jus sans addition d'eau et fournissent un cidre clair et sucré; mais si sa fermentation s'avance, il devient amer et peu alcoolique.

Les *pommes amères*, *âcres au goût*, donnent un jus très-dense, coloré, qui fermente longuement et qui produit un cidre généreux, susceptible d'une longue conservation.

Les *pommes précoces*, donnent un cidre clair, assez agréable, mais peu riche en couleur et en alcool, et qui se conserve à peine une année.

Les *pommes tardives*, des bonnes variétés, fournissent un cidre généreux, qui se conserve longtemps.

On laisse les pommes en tas pendant un certain temps, pour que leur maturation s'achève, et qu'elles donnent un moût plus sucré, puis on procède au pilage ou plutôt au broyage, et on soumet la pulpe à la presse entre des lits de paille ou de crin.

Le jus de la première pression forme ce qu'on appelle le *gros cidre*; celui des deux dernières, car on presse le moût trois fois, constitue le *petit cidre*. Il est faible, parce qu'on a broyé deux fois le marc, avec une certaine quantité d'eau.

Le jus de pommes est composé : de beaucoup d'eau, d'une petite quantité de sucre, de ferment, d'albumine, de matière colorante particulière, de traces d'acide pectique, d'acide gallique, de malates de potasse et de chaux, de beaucoup de mucilage et d'acide malique. Lorsque les pepins des fruits se trouvent écrasés, ils communiquent au moût une matière amère et un peu d'huile essentielle (1).

Le jus est introduit dans des tonneaux à large bonde, de 6 à 700 litres de capacité, où il ne tarde pas à éprouver la fermentation alcoolique, qui dure communément de deux à trois mois. Quand elle est terminée, le cidre est très-clair et peut servir de boisson. Lorsqu'on veut obtenir un cidre plus agréable, on le soutire un mois après le pilage et on continue ces soutirages de mois en mois, jusqu'à ce qu'il soit fait. Pour le cidre mousseux, on ne le laisse fermenter que pendant un mois, et on met en bouteilles dès que le liquide est éclairci.

Le cidre fait pendant l'été est buvable du quatrième au sixième mois; celui fait en automne, du sixième au dixième, et celui d'hiver, du dixième au vingtième. Les meilleurs cidres ne se gardent pas plus de trois ou quatre ans en bon état.

---

(1) Girardin.

L'abus du cidre produit l'ivresse et les vieux ivrognes deviennent hydropiques.

En Picardie, on trouve de très-grands vergers exclusivement peuplés de poiriers dont les fruits, quoique fort beaux en apparence, ne peuvent servir qu'à préparer une espèce particulière de cidre connu sous le nom de *poiré*.

Le poiré se prépare comme le cidre, mais en bien moins grande quantité.

Il a été impossible jusqu'à présent d'engager les paysans picards à remplacer leurs poiriers par des pommiers ; ils aiment passionnément leur poiré, malgré le tort que cette boisson fait à leur santé. Le poiré, très-chargé d'alcool et d'acide carbonique, cause à ceux qui en boivent avec excès, une ivresse furieuse, suivie, le plus souvent, de maladies nerveuses qui deviennent incurables. L'abus du poiré conduit à la paralysie.

Les poires fournissent presque moitié plus de jus que les pommes, et leur jus est bien plus sucré ; c'est la raison qui fait que le poiré est bien plus alcoolique que le cidre.

Le poiré de bonne qualité ressemble aux petits vins blancs de l'Anjou et de la Sologne. Mis en bouteilles, il devient complètement vineux, mousseux, et ressemble alors à des vins légers de la Champagne. Il devient propre à couper des vins blancs de médiocre qualité, qu'il rend plus forts et meilleurs. Les marchands de vins de Paris, qui n'ignorent pas cela, font entrer dans leurs caves une grande quantités de poirés de la Normandie et notamment du Bocage. Souvent même, à Paris comme à Rouen, les détaillants vendent le poiré pur comme vin blanc (1).

Au rapport d'Hérodote et des autres historiens grecs et

---

(1) Girardin.

latins, la bière était la boisson la plus commune des anciens Egyptiens. Suivant Pline, les Gaulois appelaient la bière *cerevisia*, et désignaient sous le nom de *brance*, l'orge qui entrait dans sa préparation. C'est de ces appellations qu'on a fait de nos jours le mot *cervoise* et celui de *brasseur*. Les auteurs grecs, qui appelaient la bière *vin d'orge*, en attribuent l'invention aux Egyptiens, et c'est à Peluse, ville située à l'embouchure du Nil, qu'on l'aurait d'abord préparée. Domitien ayant donné l'ordre insensé d'arracher toutes les vignes dans les Gaules, l'usage de la bière y devint général. Au XIII° siècle, la bière était la boisson populaire de la Normandie,

En Angleterre, en Belgique, en Hollande, existent des variétés de cette boisson connues sous les noms de *ale*, de *porter*, de *faro*, de *ginger-beer*, de *bière blanche*, de *bière rouge*, etc., qui ne diffèrent les unes des autres que par des modifications apportées dans les procédés et dans les proportions relatives d'eau, d'orge et de houblon.

L'orge ne contient presque pas de principe sucré, aussi lui fait-on acquérir la propriété saccharine en la faisant ramollir et gonfler dans l'eau, et en l'étendant en couches minces sur un plancher, à une température de 14 à 15 degrés, où elle ne tarde pas à germer. C'est là le *maltage*, dont le but est de développer la *diastase*, nécessaire à la saccharification de la fécule. On arrête cette germination, dès que le germe a atteint à peu près la longueur du grain, en exposant l'orge à une chaleur de 60 à 70 degrés. On détache les germes en frottant les grains secs et en les passant dans un crible de fer. C'est le *malt* sec ou *touraillé*, qu'on appelle aussi *drèche*.

Le malt est réduit en farine grossière, puis on le fait tremper pendant environ trois heures dans une grande cuve avec de l'eau chauffée à 50 ou 60 degrés. Pendant cette infusion la *diastase* rend l'amidon soluble et le convertit en sucre. L'eau se charge de sucre, de la dextrine et des autres principes solubles de la graine. On la soutire et on la fait chauffer dans de grandes chaudières avec du houblon. Sans le principe amer et aromatique du houblon, la bière éprouverait promptement la fermentation acide.

Lorsque le moût de bière est suffisamment concentré, on en sépare le houblon et on le fait couler dans des cuves très-larges et peu profondes, dites *rafraîchissoirs*, où elle se refroidit à 15 degrés, et passe de là dans une cuve très-profonde nommée *cuve guilloire* ou *cuve à fermentation*. On y délaie une petite quantité de levure de bière ou de ferment provenant d'opérations précédentes. Bientôt la fermentation alcoolique se développe et continue avec activité pendant quelques jours. Dès qu'elle est terminée on soutire la bière dans de petits tonneaux qu'on range à côté les uns des autres au-dessus de baquets. La fermentation se ranime, une écume très-épaisse se forme et sort par la bonde, on remplit les tonneaux avec de la bière claire et on la boit quand il ne se produit plus d'écume. On colle la bière comme le vin; trois jours après, on la met en bouteilles; huit ou dix jours après, elle devient mousseuse.

A l'exception de certaines espèces de bières préparées en Angleterre, en Belgique et dans le nord de la France, et qu'on peut garder plusieurs années sans altération, la bière ordinaire devient promptement acide et doit être bue dans les trois ou quatre mois qui suivent sa préparation.

La bière renferme beaucoup d'eau, de petites quantités d'alcool, du sucre, de la gomme, du gluten, du ferment, de la matière extractive brune, de la matière jaune et amère, du houblon, de la matière grasse jaune, huileuse, à odeur de malt, des phosphates de chaux et de magnésie

tenus en dissolution par des acides acétique et phospho-
rique.

A Dantzick, on fait une espèce de bière connue sous le
nom de *goldwaser*, avec des baies de genièvre additionnées
d'aromates.

Le cidre, le poiré et la bière renferment d'assez fortes
proportions d'alcool. Ainsi, le cidre de la vallée de la Dive,
en contient 7,40 pour cent; celui de la vallée d'Auge,
6,50; le cidre de Blangy, 4,50; celui d'Amérique, 4,41. Le
poiré de Sauge contient 8,66 d'alcool; celui de la Seine-
Inférieure, 8,33; l'ale de Burton, 8,16; la bière ou ale
d'Edimbourg, 5,70; l'ale de Dorchester, 5,11; la forte bière
de Rouen, de 3 à 8 pour cent; la bière moyenne anglaise,
6,32; la bière forte brune anglaise, 6,25; le porter de
Londres, 3,88; la petite bière de Rouen, 3,00; la petite bière
de Londres, 1,17.

Les vins de France sont les plus réputés; il suffit de
citer les crûs du Bordelais, de la Bourgogne, de la Champagne, pour s'en convaincre.

La France fournit le *cognac*, eau-de-vie renommée qui tire
son nom du pays où on le distille. Obtenue du vin, cette
eau-de-vie doit sa couleur jaune paille aux tonneaux dans
lesquels on la conserve. Il se fait encore en France des
eaux-de-vie de qualité inférieure qu'on retire après la
fermentation, soit de la pomme de terre, soit des tubercules du topinambour, de ceux de l'asphodèle, du dahlia,
etc., soit encore des céréales. Ces spiritueux, qui contiennent tous une huile empyreumatique pyrogénée, possèdent un goût et une odeur particuliers, ainsi que des
propriétés nuisibles.

Le vin est de toutes les liqueurs fermentées celle qui
renferme le plus d'alcool; sa quantité varie dans les différentes espèces de vins. Ainsi : le vin du Roussillon ren-

ferme 16,67 pour cent d'alcool; de l'Ermitage blanc, 16,03;
de Sauterne blanc, 15,00; de Lunel, 14,27; de Tavel, pelure
d'oignon, 14,00; de Bergerac blanc, 13,65; de Champagne,
12,69; de Grave, 12,30; de Frontignan, 11,76; de Tonnerre
blanc, 11,33 à 11,66; de Tonnerre rouge, 9,33 à 11,66;
de Champagne mousseux, 11,60; de Côte-Rôtie, 11,65; de
Cahors, rouge, 10 à 11,00; de Bordeaux, rouge, le plus
spiritueux, 11,00; de Mâcon, blanc, 11,00; de Picardan,
blanc, 10,00; d'Anjou, blanc, 10,00; de Pouilly, blanc, 9,00;
de Bordeaux, rouge, le moins spiritueux, 7,5 à 8,00; de
Bordeaux, blanc, le moins spiritueux, 7 à 8,00; de Bourgogne, rouge, 7,66; de Mâcon, rouge, 7,66; de Chablis,
blanc, 7,33.

Les vins étrangers, de Lissa, renferment 23,47 d'alcool;
ceux de Madère, 20,48; ceux de Porto, 20,22; de Constance,
blanc, 18,17; les vins du Rhin, 11,11; le vin de Tokay, 9,08.

Le vin, l'eau-de-vie, le cidre, le poiré, la bière, le cognac,
ne sont pas les seules boissons fermentées, inventées par
l'homme pour ses besoins journaliers. Ces boissons sont
encore inconnues dans beaucoup de contrées et remplà-
cées par d'autres, plus ou moins analogues, qu'il est intéressant de connaître, et que nous allons successivement
indiquer.

Dans les Ardennes, on prépare une sorte d'hydromel,
désigné sous le nom de micée, en lavant les rayons des
ruches, après l'écoulement du miel; on ajoute de l'eau-
de-vie à cette boisson et on la laisse fermenter.

En Angleterre se préparent le gin et le whisky, liqueurs
qu'on retire de la drèche, des autres céréales et des baies
de genièvre. On fait infuser dans l'eau les cônes ou baies
du genévrier (juniperus communis) et on laisse fermenter;
c'est le vin de genièvre qui, par distillation, donne l'eau-
de-vie de genièvre ou gin. Parfois les Anglais ajoutent

tout simplement un peu d'essence de térébenthine à l'eau-de-vie ordinaire pour lui donner le goût de celle de genièvre.

En Hollande et dans tout le Nord, on prépare le genièvre en délayant dans de l'eau bouillante, pour en faire une bouillie claire, dix parties de malt moulu fin et trois parties de farine de riz. On ajoute une forte dose de levure pour activer la fermentation. Celle-ci terminée, on distille et on ajoute à 60 pintes de l'eau-de-vie obtenue, 1,471 grammes de bois de genièvre et 90 grammes d'essence de genièvre; quelques-uns mettent les baies. On distille à petit feu et on obtient le *genièvre de Hollande*.

En Norwége, on obtient du vin avec la séve fermentée du bouleau (*betula alba*). Rien de triste comme l'ivresse en Norwége, ivresse due à la bière, au *brandvin* et au *wiski*. Après une surexcitation du moment, elle rend les gens presque idiots; et là, loin d'exciter le dégoût, les gens ivres sont les bienvenus. Les enfants les agacent et jouent avec eux; les vieillards sourient à leurs refrains grivois, et sans la loi qui, depuis quelque temps, punit ce vice de peines corporelles, on verrait se produire en Norwége les tristes scènes du dimanche en Suède (1).

En Danemark, il n'y a presque pas d'ivrognes Le peuple ne boit pas de vin; il n'en fait usage que dans les jours de fêtes, et ce vin est mauvais. Les Danois font de la bière avec de l'orge et du houblon; mais cette bière, très-forte, ne vaut pas la bière allemande; elle est meilleure à la santé qu'au goût.

L'ivresse diffère avec les peuples: celle des Français, qui s'enivrent avec du vin, est bavarde, expansive et gaie.

----

(1) Riant.

3

L'Anglais boit son gin seul, dans un coin ; son teint s'allume, ses yeux se gonflent et s'injectent, sa langue s'épaissit ; il tombe sans prononcer un mot. L'Allemand charge son estomac de bière et engourdit son esprit de tabac ; il est carrément assis et c'est nécessaire, car ce qu'il va boire représente plusieurs kilogrammes ; sa longue et lourde pipe occupe une partie de sa personne ; il la tient des dents, des lèvres et de la main ; en conséquence, il parle peu, rêve beaucoup et s'amuse gravement, si toutefois il s'amuse, jusqu'à ce qu'il cesse de penser et de comprendre. Ne dirait-on pas le commencement de l'Orient, du haschisch, de l'opium, etc. (1) ?

Dans le Nord de l'Europe, on fait usage d'hydromel ou miel fermenté dans l'eau. Le plus en vogue est l'*hydromel vineux*, qui se prépare avec 2,500 grammes de miel, 12,500 d'eau, 60 de ferment de bière. On met ce mélange dans un tonneau que l'on tient à une température de 15 à 20 degrés pour que la fermentation s'effectue ; on soutire et on met en bouteilles. L'hydromel contient 6,67 d'alcool.

On boit encore dans ces contrées un vin connu sous le nom de *cormé*, qu'on prépare avec des sorbes, fruits du sorbier, *sorbus aucuparia*, ou frêne sauvage.

En Russie, le *kwas* s'obtient du seigle germé, séché, mis à infuser ; on fait fermenter ensuite pour en obtenir une liqueur. On se procure encore en Russie, en Tartarie, chez les Baskirs, les Jakutsks, les Kalmouks et autres peuples nomades de l'Asie, une boisson enivrante avec le petit-lait fermenté des juments. Cette boisson, appelée *kumiz, koumys, koumiss, tchigham*, donne par la distilla-

_____

(1) Charnay.

tion une véritable eau-de-vie nommée *araka, arki* et *arza*,
lorsqu'elle a été rectifiée.

Les Russes emploient le koumiss comme boisson rafraî-
chissante dans les maladies de poitrine, les inflammations,
les névroses.

Si dans le koumiss on fait infuser l'agaric fausse-oronge
(agaricus muscarinus), ce champignon, si vénéneux, abandonne au liquide un principe enivrant, qu'on retrouve dans
les urines des buveurs (1). Langsdorf a remarqué chez les
Koriaques (Korœken), que cette urine devient plus enivrante
que le koumiss, simplement préparé avec l'agaric; en sorte
que les urines sont recherchées avec empressement par d'autres personnes qui s'enivrent en les buvant. Telle est la per-
sistance de cette propriété enivrante que les urines retien-
nent, qu'on les boit jusqu'à cinq et six fois successivement
dans le pays en passant ainsi d'un individu à un autre.
Ce fait n'a rien d'exagéré; et l'on sait avec quelle facilité
certains principes médicamenteux passent dans les urines
avec lesquelles ils sont expulsés de l'économie; tels sont
l'iodure de potassium et la quinine, dont on décèle la présence dans les urines à l'aide de réactifs.

Le koumiss est la boisson des Tartares de la Sibérie. Le
cuvier d'écorce de bouleau qui contient la mère (ferment)
sur laquelle fermente le lait, passe, en Sibérie, d'âge en
âge, des pères aux enfants, et acquiert une valeur propor-
tionnée à son antiquité.

_____

(1) L'*amanitine* est le principe vénéneux de l'*amanite fausse-
oronge*. Ce champignon donne avec le lait une décoction qui tue les
mouches et renferme un principe enivrant. Ce champignon a été
conseillé contre la paralysie des muscles de la langue, du cou,
l'épilepsie, la chorée, les ulcères chancreux.

La saveur du koumiss est à la fois douce, piquante et légèrement vineuse. Faute de lait de jument, on emploie le lait de vache, qu'on fait aigrir et fermenter.

On prépare encore en Tartarie une autre boisson appelée *kanyangtsyen*, avec la chair d'agneau fermentée, du riz et d'autres végétaux.

Le *usaph* est une liqueur obtenue avec le jus de raisin fermenté étendu d'eau. Le *kvass (kuass)* est une sorte de bière en usage en Russie, ainsi que le *moëd*, hydromel. Les liqueurs fortes sont désignées sous le nom générique de *zakouskas*.

Dans les îles Orcades (nord de l'Ecosse), on fait une boisson à peu près semblable au koumiss des Asiatiques, appelée *bland*, avec le petit lait fermenté, et qu'on boit aussi aux Schetland.

Au Kamtschatka, on boit la *stratkariatrava*, infusion d'une herbe sucrée inconnue, et le *watky*, eau-de-vie de riz.

En Suisse, on prépare la liqueur dite *absinthe suisse*, avec différentes *artemisia* voisines des *genepis*.

En Autriche, on obtient le *slivovitza*, avec les prunes mûres et fermentées.

Sur les bords du Rhin, c'est le *troster*, avec des graminées et du marc de raisins.

En Portugal, les vins qu'on désigne sous le nom de *Porto* ne se récoltent pas dans les environs de cette ville. Ils prennent cette dénomination de la barre qu'ils franchissent pour l'exportation. Les vins dits de *Figueira* sont dans un cas analogue; c'est la contrée de Baïrrada qui les produit. Cependant, comme ils partent de Figueira pour le Brésil, où ils sont en vogue, ils adoptent le nom de leur port d'embarquement. On peut en dire autant des différents crûs de l'Estramadure désignés dans le commerce sous l'étiquette de vins de Lisbonne. Quant aux vins de

Porto, les Portugais les appellent vins du Douro, et c'est sur le bord de ce fleuve, à vingt lieues à l'est, que se trouve le terrain qui donne les qualités les plus estimées.

Le vin du Douro est préparé suivant le goût du pays auquel il est destiné. Ainsi, les Anglais, qui en consomment le plus, le préfèrent jeune et en barriques. Ils le mettent eux-mêmes en bouteilles et le gardent dans leurs celliers jusqu'à sa suprême bonification.

Aux Etats-Unis, on choisit au contraire les deuxièmes qualités; on le veut doux et monté en couleur.

Dans le nord de l'Europe s'expédient des vins vieux, purs, transparents et aussi légers que possible. Du reste, les vins du Douro sont si variés comme goût et comme couleur, qu'en Portugal on les distingue avec la même habitude qu'en France on reconnaît les différentes provenances de Bordeaux et de Bourgogne, par le nom des propriétés qui les récoltent.

Le Minho ne fournit pas seulement des vins de gourmet; il donne aussi des qualités communes pour l'ordinaire des tables modestes; tels sont : le *vinho verde*, l'*enforcado*, le *bastardo*, etc. (1).

Les vins d'Espagne qu'on trouve en Italie sont : le *Falerne*, le *Lachryma-Christi*, le *Marsala*, etc. Le Lachryma-Christi n'existe plus et il est douteux qu'il ait jamais existé; le vin du Vésuve est très-supérieur à la potion âpre ou sucrée qu'on donne toujours pour les larmes du Christ. Par malheur, le vin du Vésuve manque depuis longtemps, car aux années malades ont succédé des années indigentes. Quant au Marsala, c'est une sorte de liqueur qui se fait un peu partout, et à Marsala même. Le Capri

---

(1) Morson.

et le Falerne ne sont que des produits chimiques préparés par un marchand nommé Scala. Donc, si on a soif à Naples, il faut demander du vin de Gragnano, qui est très-bon quand il est pur, ou mieux encore, du vin des Pouilles, et, si l'on n'en trouve pas, il faut demander du Bordeaux.

Les vins qu'on vend à Ténériffe, sous le nom de *malvoisie* et de *Ténériffe* sont des vins importés de Madère. Ces vins ainsi dépaysés se vendent moins cher sous d'autres noms. C'est ce que m'apprit un chef de maison de Santa-Cruz.

En Dalmatie, le *marasquin de Zara* s'obtient par la fermentation des prunes et des pêches. Cette liqueur n'est qu'une variété de l'alcoolat de cerises noires des Allemands ou kirch.

Le *rakia* se fait avec le marc de raisin et des aromates.

Le *kirsch-wasser* se prépare, dans la Forêt-Noire, avec le suc fermenté des mérises ou cerises noires sur les noyaux brisés de ces fruits. Son odeur d'amandes amères est due à l'acide prussique.

A Scio, on obtient le *sekis-kayavodka* avec les cerises fermentées et de la lie de vin.

Dans tout l'Orient on fait usage d'une liqueur préparée avec les feuilles et les sommités fleuries du chanvre indien, *cannabis indica*; l'infusé ou le décocté de cette plante dioïque est narcotique et enivrant, on le désigne sous le nom de *haschisch-banghie*. Ce mot *haschisch* est arabe; il veut dire *herbe*. En l'appliquant au *cannabis indica*, les Orientaux semblent avoir voulu en faire l'herbe par excellence.

Le fameux *népenthès*, dont parle Homère, était un breuvage qui avait le haschisch pour base. C'est encore au moyen du chanvre indien, appelé *hachih* en Syrie, que le Vieux de la Montagne, si célèbre dans l'histoire des Croisades, s'était rendu maître de l'imagination des fanatiques que les Croisés appelèrent *assassins*, du nom de la secte des *Hachichins*, qui signifie mangeurs de *hachih*.

Le haschisch est journellement employé dans l'Inde comme excitant vénérien. On en fait une boisson, on en mâche les feuilles, ou on les fume, soit seules soit mélangées avec des feuilles de tabac, ou avec de l'opium.

L'ivresse du haschisch ne ressemble pas à celle du vin, mais à celle de l'opium, bien que ses effets soient plus dangereux, puisqu'ils plongent ceux qui en font usage dans un état complet d'insensibilité. Si on abuse du haschisch, il produit du délire, de la folie furieuse qui va jusqu'au crime.

Les haschischeurs orientaux de profession sont dans un état permanent de marasme et d'imbécillité.

Dans les bazars de l'Inde on vend deux espèces de haschisch : le *ganja* et le *bhang*. Le ganja, plus recherché, paie un droit plus élevé. Ne se composant que des fleurs mâles du chanvre indien, il se vend surtout aux femmes, et ce sont les districts de *Tirhoot*, *Sarum* et *Gorukpoor*, dans le Bengale, qui le fournissent en plus grande abondance.

Le bhang, composé des tiges, des feuilles et des graines du chanvre femelle, provient de l'Ouest de l'Inde, des districts de *Rajshahyn*, au nord de Calcutta. Il croît spontanément dans les districts de *Baguepoor* et *Tirhoot*. On en fait un électuaire et une boisson nommée *sulzen* (1).

Le ganja et le bhang s'emploient en boisson ou se fu-

(1) L'échantillon de bhang que je possède est contenu dans un cylindre d'écorce, d'un bois rouge acajou, de 3 centimètres de diamètre. Les fleurs et les graines du chanvre y sont tassées fortement, et depuis vingt ans, au moins, que je possède ce spécimen, il n'a subi aucune altération.

ment. On attribue leur différence d'agir à ce que le ganja
(plante mâle) est plus chargé de résine narcotique ou *haschischine (churrus)* que le bhang (plante femelle).

Le chanvre mâle laisse naturellement exsuder sa matière
résineuse, qu'on récolte en promenant des lanières de cuir
sur la plante. Les récolteurs en forment de petites boules,
qu'ils nomment *churrus, cherris, momeea*, et c'est dans cet
état qu'ils l'apportent en très-grandes quantités sur les
marchés de l'Ouest.

En Perse, on prépare le churrus en exprimant le chanvre
pilé dans une toile grossière, et la partie résineuse s'attache
seule au tissu.

A Calcutta, la haschischine porte le nom de *résine de
ganja* ou *ganzar*.

A Delhi, les fumeurs de churrus se réunissent par
groupes de vingt ou trente personnes. La pipe circule à la
ronde, jusqu'à ce que les fumeurs entrent en gaîté ou dans
une ivresse complète.

Le premier effet du churrus est stimulant, il provoque
et exalte l'esprit. On éprouve du bien-être, le besoin de
rire, l'envie irrésistible de danser et de sauter. On verra
que l'ivresse produite par le kava, *piper methysticum*,
boisson océanienne, diffère complètement sous ce rapport
de celle du haschisch. Quand les fumeurs de churrus sont
narcotisés, qu'ils s'endorment, leur imagination s'enrichit
de rêves agréables et voluptueux.

On a vu que l'abus du haschisch produisait la folie et
menait jusqu'au crime. En 1873, le gouverneur de l'Inde
a prescrit une enquête pour établir les proportions dans
lesquelles le chanvre entre dans l'aliénation mentale ou
dans la perpétration des crimes.

Au Congo, il existe une espèce de chanvre connue sous

le nom de *amba-dacka-desjamba,* que les nègres fument en guise de tabac.

Au Brésil, les nègres fument le chanvre comme les Mahométans de l'Inde et les Marrhates. Ils font usage de haschisch en pilules, en décoctés, le fument pour oublier leur triste condition et se procurer des rêves agréables.

Les Hottentots cultivent le chanvre pour le fumer dans la même intention.

Les Algériens font un mélange de poudre de haschisch et de miel; cet électuaire porte le nom de *madjound.*

Les préparations à base de haschisch, connues dans quelques contrées de l'Inde et de l'Afrique, sont appelées : *malach, mosjusck, bangie, benghie, buang, assyouni, tèriaki.*

L'extrait gras de haschisch des Arabes s'obtient en faisant bouillir les sommités fleuries du chanvre avec du beurre et un peu d'eau. C'est la préparation la plus active que les Arabes obtiennent et qu'ils emploient à la dose de 2 à 4 grammes, soit en pilules, soit dans du café noir. Ils en font aussi des pastilles aromatisées à la canelle, à la vanille, à la muscade, à l'essence de roses, au musc, pour masquer la saveur âcre de l'extrait gras.

Le *dawamesk* est de l'extrait gras auquel, ainsi que l'indique son nom, ou ajouté du musc *(mesk),* du sucre, des pistaches, des amandes et des aromates. Pour rendre le dawamesk aphrodisiaque, on y ajoute, dit-on, de la cantharide et de la noix vomique. Cet électuaire est brun, d'une odeur et d'une saveur agréables ; sa dose est de 20 à 30 grammes, et on en fait usage sous forme de bols, ou délayé dans du café noir à l'eau.

La haschischine, à la dose de 5 ou 10 centigrammes, produit les mêmes effets que 2 ou 4 grammes d'extrait gras, ou de 20 à 30 grammes de dawamesk.

Les Arabes appellent *kief* ou *fantasia,* cette sorte de

4

stupeur voluptueuse qui se produit une demi-heure ou une heure après, quelquefois plus tard, selon le tempérament du consommateur de haschisch.

Le haschisch doit être pris à jeun ; le café ou le thé hâte et développe ses effets.

La *coca*, feuille de l'*erytroxylon coca* (malpighiacées) est le haschisch des Péruviens, qui mâchent les feuilles de ce petit arbre du Pérou, avec de la chaux, à la manière du betel. Cette feuille de coca contient un alcaloïde volatil, comparable à la nicotine, et possède des propriétés excitantes et toniques.

A la Mecque, on vend publiquement la nuit des liqueurs enivrantes ; l'une, préparée avec des raisins fermentés, et bien qu'elle soit mêlée de beaucoup d'eau, est si forte, que quelques verres suffisent pour produire l'ivresse ; l'autre boisson est le *bouza*, espèce de bière faite avec le *doura* (*holcus sorghum*), ou blé de Guinée. Si on le mélange d'épices, on la nomme alors *soubié*.

Les vrais croyants qui font usage de ces liqueurs prétendent qu'ils ne transgressent pas la loi du Prophète, car, disent-ils, ce n'est pas du vin (1).

Dans les Indes orientales on obtient l'*arach* ou *arrak*, du riz fermenté avec addition de cachou.

A Batavia (île Java), on se procure l'arrak en distillant la sève du palmier *gomouti*. Les brames ne boivent pas cet alcool, et ils ont tellement cette eau-de-vie en horreur qu'ils l'appellent *parriah-arrack*.

Distillé sur différentes substances, l'arrack change de propriétés. Distillé sur le chanvre, il procure une ivresse remplie de songes agréables ; sur l'écorce d'*acacia arabica*

---

(1) Burckhardt.

il est astringent, et c'est une de ses préparations médici-
nales les plus usitées ; si on le distille sur la noix vomique
(*strychnos nux-vomica*), il devient un violent poison.

On aromatise parfois l'arrack en y faisant infuser des
fleurs du *bassia butyracea*. Il est alors plus agréable à boire
et prend le nom d'*arrack-mahwah*.

Les Hollandais retirent du palmier gomouti une liqueur
qu'ils désignent sous le nom d'*hellwater*, eau d'enfer.

Dans l'Indoustan, on boit le *sinday*, sorte de vin de palmiers, et le *tary*, qui provient de la sève de plusieurs autres
arbres.

A la côte de Coromandel, on obtient le *calou* de la sève
fermentée du cocotier.

Au Thibet, c'est le *chong*, vin retiré du riz, de l'orge ou
du froment.

A Siam, on prépare avec le riz fermenté une eau-de-vie
appelée *liau*.

A Madagascar, c'est le *toc* ou jus fermenté de la banane
et de la canne à sucre.

En Afrique, on obtient le *pombie* ou *pombé* du millet cuit,
délayé et fermenté.

Au Sénégal, on boit du *vin de palme* ou de palmiers, que
l'on se procure en incisant le choux ou bourgeon terminal
d'un palmiste, dont on reçoit la sève laiteuse qui s'en
écoule dans des calebasses. Au bout de vingt-quatre heures,
la sève, devenue acide, est suffisamment fermentée. Si on
met en bouteille ce vin, il fait sauter le bouchon. Si on
évapore le vin de palme frais, on obtient une sorte de miel
et même du sucre.

Cette sève de palmier se récolte la nuit ; quand elle
vient d'être recueillie, elle est moelleuse, douce et agréable à boire. Mais elle ne se conserve à cet état que de
vingt-quatre à trente-six heures au plus ; passé ce temps,

elle aigrit et donne de bon vinaigre. C'est une boisson précieuse pour les pays chauds, surtout entre les tropiques, et dont on fait une grande consommation.

Le vin de palme enivre, et si on en boit trop, il peut altérer la santé, causer des fièvres, de la dyssenterie, etc. On retire de l'alcool du vin de palme et du vinaigre au besoin.

Les palmiers dont en retire le plus, sont : le cocotier, le dattier, le *sagus saguerus*, le *rafia vinifera*, le *borrassus flabelliformis*, le *cocos butyracea*. Lorsqu'on retire trop de sève de ces arbres, ils s'épuisent et deviennent stériles. On prépare encore, en Afrique, dans le Fouta-Djallon une infusion avec les petites baies rouges de sangalas, une liqueur agréable qui, tant qu'elle est fraîche, a la couleur et le goût du vin légèrement sucré. Quand cette boisson a fermenté, elle ressemble beaucoup à la bière.

A Tripoli, on boit le *laqby*, préparé avec la sève du dattier (*phœnix dactylifera*). Au printemps, époque de la sève ascendante de tous les végétaux, un indigène, armé d'une hachette bien aiguisée, grimpe au haut d'un dattier à l'aide d'une ceinture de corde, qui l'unit au tronc svelte et écaillé de cet arbre. Arrivé au faîte, il tranche tous les rameaux du panache de ce palmier, n'en réservant que quatre opposés et disposés en croix. Sur l'insertion d'un de ses rameaux, l'homme fait passer une corde dont les deux bouts touchent le sol, et entre deux des branches épargnées, il fait une profonde incision à l'arbre ; il descend ensuite. Une petite jarre à large ouverture, de trois litres de capacité environ, est hissée au moyen de la corde et va s'appliquer sous l'incision. Douze heures après, on la descend pleine d'un liquide gris pâle, légèrement trouble, et ressemblant à de l'eau d'orge. C'est le laqby frais, sève douce et sucrée qui, pris le matin, est légèrement laxatif. On hisse une autre jarre. Quelques heures après que la première a été descendue, le bruissement de la fermentation se fait entendre. Le liquide s'éclaircit, semble bouillir ; d'innombrables bulles viennent former une mousse à la surface. Le breuvage devient pétillant et agréable, rappelant aux voyageurs le bon vin de Champagne.

Bu à ce point, le laqby est sans inconvénient. Il égaye sans enivrer ; la fermentation lui a fait perdre ses propriétés laxatives. Mais, si une demi-journée se passe encore, cette boisson, si agréable et si inoffensive, devient blanche, épaisse comme du lait, prend une odeur forte et un goût acidulé, elle enivre enfin comme l'eau-de-vie. C'est alors que les amateurs l'apprécient le plus, puisque c'est avant tout l'ivresse qu'ils recherchent, et tel bon musulman, telle musulmane rigide, qui devant un verre de vin se voile la face, boit sans scrupule et en public, sa tasse de laqby, qui n'est que de l'eau de palmier (1).

Il faut tout consommer, car la fermentation poussée plus loin ne laisserait qu'un liquide visqueux et nauséabond, dont l'odeur attire une quantité de petites mouches rouges. Le laqby est donc la plus éphémère des boissons ; on ne peut le boire qu'à l'ombre de l'arbre qui le produit. Mise en bouteilles, il les brise. Si le vase résiste, on ne trouve en l'ouvrant qu'un liquide visqueux, filant, épais comme de l'huile ; aussi le baron de Krafft dit-il à propos du laqby : « C'est un prédicateur éloquent de la philosophie d'Horace : jouissez du jour qui passe et ne vous fiez pas au lendemain. »

_____

(1) Baron Krafft.

Dans le Guazarat, le vin de palmier se nomme *brad*.

Dans l'Afrique-Orientale, le Mséné est un lieu de débauche où l'orgie est en permanence. C'est l'unique endroit de cette contrée où l'on tire du *palmyra (rafia vinifera)* une boisson fermentée dont chaque jour tout le monde s'enivre, depuis le chef du Conseil jusqu'au dernier esclave. Le tambour ne cesse de se faire entendre et la danse occupe tous les instants que ne remplit pas le festin.

En Nubie, la boisson ordinaire est le *bouja*, qu'on prépare avec le dourra (blé de Guinée) ou de l'orge, du miel, du poivre et la tige d'une plante inconnue.

Cette boisson est jaune sale, mais nourrissante et enivrante.

En Nubie on fait encore du vin de palmier ou de dattes en cuisant les fruits et faisant fermenter leur jus. Quoiqu'agréable, ce vin est trop épais et trop sucré pour être bu en quantité. L'*esprit de dattes* est fabriqué dans toute la Haute-Egypte; on en fait un grand usage à Derr, et les habitants riches se couchent ordinairement ivres.

En Abyssinie, la boisson ordinaire est une espèce de bière appelée *talla*; c'est la boisson la plus commune. Les grands boivent du *maïsé*, ou hydromel fait avec du miel, de l'eau et du *taddo*, racine amère qui sert à favoriser la fermentation. Dans plusieurs provinces de l'Abyssinie on fait du vin en procédant comme en Europe : il est peu spiritueux, mais d'un bon goût. On le renferme dans des pots mal bouchés, aussi ne se conserve-t-il que peu de mois. Pour se procurer de l'eau-de-vie, les Abyssiniens font fermenter des raisins secs dans un vase rempli d'eau; un pot en terre auquel ils adaptent un tuyau de bambou tient lieu d'alambic. La bière est la boisson la plus répandue. On la fait avec de l'orge ou du *dagoussa*; la bière d'orge s'obtient en plongeant dans l'eau des pains de ce grain et en y mêlant des feuilles de *taddo*, qui aident à la fermentation. Pour la bière de dagoussa on se borne à laisser fermenter dans l'eau, la farine de cette céréale.

Dans la Basse-Nubie, au Congo, on prépare le *milaffo*, avec la sève des palmiers de ces parages.

A Sumatra, on obtient le *brum* de la décoction de riz fermentée.

En Chine, le vin de palmier porte le nom de *cha*. Les autres boissons sont : le *manduring*, riz bouilli et fermenté ; le *fan-tsou* ou *samtchou*, décoction de riz fermentée sous l'influence de la levure ; le *kao-lyang*, graines de sorgho, bouillies et fermentées ; le *schow-choo* se fait avec la lie du manduring.

Les boissons de la Chine ne sont pas seules usitées pour produire l'ivresse. L'*opium* est, pour les Chinois, un poison bien plus redoutable. Jadis réservé pour l'usage exclusif des mandarins, on le trouve aujourd'hui dans tous les districts de la Chine ; dans le palais des grands, comme dans la cabane du pauvre.

Chaque année, les Anglais importent dans la Chine, au moins 70,000 caisses d'opium. La caisse valant 480 *taëls* (à 7f 80c le taël), c'est donc à 262,080,000 fr. que reviennent ces 70,000 caisses d'opium. Cette denrée ne s'échange que contre de l'argent *sycé* ou des lingots.

Il faut voir les tabagies de la Chine, celles de Bornéo, ordinairement tenues par des femmes de mœurs douteuses, pour se faire une idée de l'action pernicieuse de l'opium sur l'organisme, et de l'abrutissement de ces fumeurs.

On les trouve assis ou couchés sur des nattes, ayant à leurs côtés de petites lampes pour allumer la pipe dans laquelle ils fument. Bientôt un malheureux se lève tout étourdi et en balbutiant, il cherche à se traîner chez lui, mais trahi par ses forces, il tombe devant le seuil de sa porte. Là un autre est étendu sans vie sur une natte, incapable de penser à sa maison. Ailleurs, c'est un infortuné, aux joues pâles et creuses, les yeux fixes, le corps tremblant, trop pauvre pour fumer jusqu'à perdre connaissance.

Chez quelques fumeurs, l'opium produit une gaîté extraordinaire. Ils parlent et rient jusqu'à ce que, épuisés, ils retombent sur leur couche, où ils jouissent, disent-ils, de rêves célestes. Celui qui a goûté une fois de ce poison ne peut plus s'en passer. Il a le corps brisé, énervé, il ne peut ni travailler ni penser, il est incapable de tout effort, tant qu'il ne puisera pas dans l'opium un nouveau stimulant. Les femmes fument l'opium aussi passionnément que les hommes. A Bornéo, la majeure partie des revenus du gouvernement hollandais provient du fermage de l'opium.

Dans l'Amérique méridionale on fait usage du *guarapo dulce* ou jus de canne à sucre; le *guarapo fuerte* est le même jus fermenté. On y prépare aussi le *toddi*, avec la sève du cacaoyer *(theobroma cacao)*.

Les Indiens de l'Oyapock font usage du *pouchiry*, boisson obtenue par la fermentation du manioc *(janipha manihot)*, et de *cachiry*, qu'ils se procurent encore par la fermentation de la patate douce *(convolvulus batatas)*. Ils boivent le *ouicou* et le *payouarou*, autres boissons qu'ils retirent encore du manioc et de la cassave, après la fermentation de leur farine cuite et délayée.

Le *guarana* est une autre boisson, non fermentée, en usage chez ces peuples. Les Guaranis de l'Uruguay et du Para préparent le guarana en pulvérisant sur une pierre plate et chauffée les graines du *paullinia sorbilis* (sapindacées), en ajoutant de l'eau, du cacao et de la farine de manioc, de manière à faire du mélange une pâte dans laquelle, au bout de quelque temps, on introduit d'autres semences seulement concassées. On roule alors cette pâte en cylindres qu'on fait sécher au soleil. Ces masses, du poids de 250 grammes environ, deviennent dures et ressemblent pour la forme et la nuance rouge, marquée de points blancs, à des saucissons. Pour pulvériser les cylindres de guarana, les Brésiliens se servent d'un os rugueux qui fait l'office de râpe; les Indiens emploient pour le même usage les langues desséchées d'un poisson appelé *picaru*. La dose de guarana râpé est de 6 à 8 grammes pour un verre d'eau. C'est un breuvage tonique, en raison de la quantité de caféine *(guaranine)* que contiennent les semences du *paullinia*, plus riches en caféine que le café et le thé. Cette boisson est aussi antidiarrhéique, et on la préconise contre les névralgies. Le guarana fait aujourd'hui partie de notre matière médicale européenne.

Dans les Antilles, à la Jamaïque, on fabrique le *rhum*, en distillant le sucre incristallisable ou mélasse fermentée. Le rhum doit sa saveur particulière à une huile volatile. On cite le rhum de la Jamaïque, de la Martinique, de la Guadeloupe, de Saint-Martin, de Cayenne, etc.

Le *tafia* diffère peu du rhum; on le retire du *vesou* ou jus fermenté de la canne.

A Saint-Domingue, on prépare une boisson aphrodisiaque et excitante avec les *piper amologo* et *plantagineum*; le *piper peltatum* sert à faire une infusion diurétique. On préfère sa macération à froid dans l'eau.

Au Mexique, on obtient le *pulqué* ou *vin de maguey*, *agua ardiente*, avec la sève de l'*agave americana*, dont le maguey ou muguet est une variété. Cette espèce d'agave est d'un vert glauque, et plus grande que celle dite *mescal*.

Le pulqué n'est autre chose que la sève destinée à alimenter la hampe florifère ou tige qui porterait les fleurs de l'agave si on la laissait se développer. Mais c'est précisément au

5

moment où la hampe est sur le point de jaillir du bourgeon central qu'on creuse au centre de celui-ci un trou énorme, au-dessus duquel on réunit en faisceaux les feuilles centrales. C'est à la tendance à se rapprocher qu'ont ces feuilles que les cultivateurs mexicains reconnaissent le moment où ce phénomène est sur le point de se produire (1). Il faut une observation intelligente et une habileté, que donne seule une longue habitude, pour ne pas porter prématurément le fer dans la plante, et causer par là sa mort. L'âge de la maturité varie, selon les districts, de douze à vingt-cinq ans. A Cholula, la plante est mûre à huit ans exceptionnellement.

Le trou qu'on a pratiqué dans l'agave se remplit d'un liquide incolore qui prend le nom d'*aguamiel* (eau de miel); on le vide deux et trois fois par jour, et l'on y puise en moyenne de neuf à dix litres (18 à 20 *cuartillas*) (2) par vingt-quatre heures, et cela, pendant cinq mois. La plante meurt quand la sève est épuisée.

Pour faire la récolte de l'aguamiel, les hommes qui en sont chargés portent sur leur dos, retenue à leur front par un filet de corde, une outre dont l'ouverture est fixée au-dessus de leur tête. A la main, ils tiennent une longue calebasse légèrement recourbée, et terminée à son extrémité la plus étroite par une corne de bœuf. Cet instrument s'appelle *acójote*. Ils sont encore munis d'une large cuiller à manche court qui leur sert à nettoyer et à agrandir le trou. L'opérateur plonge dans le liquide l'extrémité garnie de la corne, il appuie ses lèvres à l'extrémité opposée, fait

---

(1). Vigneaux.

(2). La *cuartilla* représente environ un demi-litre.

le vide par aspiration, et l'acojote se remplit; ensuite le contenu passe dans l'outre.

Le jour, les pulquérias ou débits de pulqué ne cessent de vendre aux métis, comme à l'Indien du Mexique, cette boisson épaisse, blanchâtre et très-vineuse qui leur procure une ivresse abrutissante. On voit alors les buveurs se traîner l'œil morne, la bouche bavante, murmurant des paroles inintelligibles. D'autres, se précipitent sous l'impulsion d'une folie furieuse, et d'autres se roulent dans la fange sous l'œil des passants.

Au Brésil, on obtient le *kooi* avec le jus des pommes, et le *cahaça* avec le jus de la canne à sucre. Le naturaliste Pison dit que les sauvages du Brésil et de la Guyane tirent une boisson excitante et sudorifique d'un poivrier, le *piper nhandi*.

Dans les Cordillières, on fait usage de *chicha*, qu'on retire du maïs torréfié, écrasé et fermenté dans l'eau. Le *masato* est le maïs cuit et fermenté avec addition de sucre; le *guaruzo* est une boisson obtenue avec le riz cuit, délayé et fermenté dans l'eau.

Les Indiens des environs de Quito, appelés *cholos*, ont un malheureux penchant pour s'enivrer avec la chicha. Cette boisson est si estimée de toutes les nations indiennes qu'on pourrait l'appeler la boisson nationale de l'Amérique espagnole. Pour la fabriquer, on prend du maïs légèrement torréfié, on le réduit en grosse farine, puis on le met dans un vase avec de l'eau et on chauffe. On garde une partie du maïs réduit en farine grossière et on la porte chez ses voisines, en les priant de la mâcher et surtout de la rendre après. Lorsque la cuisson du maïs torréfié paraît suffisante, on y ajoute le maïs mâché, on remet le tout sur le feu et l'on fait bouillir pendant plusieurs heures; parfois on ajoute du jus de bananes mûres et de manioc. Une fois le tout parfaitement cuit, on le retire du feu et on le verse dans un grand vase de terre après l'avoir fait passer à travers un tamis. On recouvre ensuite le vase et on laisse reposer le liquide trois ou quatre jours. La boisson est faite alors, et il ne reste plus qu'à la boire, ce qui se fait en grande cérémonie.

Le maïs mâché porte le nom de *mastiga*; il sert, dit-on, à édulcorer le breuvage. Nous croyons plutôt, qu'ayant subi l'action émulsive des sucs salivaires, il fait ici l'office de levain (ferment).

Les sauvages de l'Amérique méridionale boivent encore une espèce de chicha qu'ils obtiennent avec les gousses d'*algaroba* ou *algarova*, et les tiges amères du *schimus molle*, mâchées et fermentées dans l'eau.

L'algaroba est une plante de la famille des légumineuses qui produit des gousses résineuses renfermant une graine très-dure. Les Patagons écrasent ces graines mûres entre deux pierres et les mettent ainsi pulvérisées avec de l'eau dans une outre. La fermentation produit une liqueur enivrante qui occasionne des coliques et contracte les nerfs des buveurs d'une façon étrange. Mangé à son état naturel, ce fruit a un goût acidule et sucré. Mais, peu après, on ressent une sécheresse brûlante de la bouche, qui agace à ce point qu'on est plusieurs jours avant de pouvoir manger sans douleur.

Les Indiens de la Patagonie préparent une autre boisson enivrante avec le *piquinino* ou *trulca*, petit fruit rouge ou noir, de forme ovale et de la grosseur d'un pois; il est doux et agréable. Les feuilles de l'arbrisseau qui les donne sont hérissées de petites épines formant un obstacle à leur récolte. Pour les avoir, les Indiens les font

tomber au fur et à mesure de leur maturité en frappant
légèrement chaque branche à l'aide d'un bâton. Après
avoir vanné les fruits de trulca, ils les mettent dans des
sacs en cuir placés de chaque côté de leurs chevaux. Au
mouvement du galop, ces fruits se meurtrissent et rendent un sirop qui a la couleur du vin ; le tout est trans-
vidé dans une outre, et après la fermentation, on obtient
une liqueur délicieuse. Quand ils font usage du fruit en
trop grande quantité, ils ressentent une grande irritation
de l'estomac qu'ils ne parviennent à calmer qu'en avalant
force graisse de cheval.

En Virginie, on obtient le *mobbi* et le *jeteci* par la fermentation des tubercules de la pomme de terre.

Au Chili, on fait du vin de *pisco* avec les raisins à
moitié desséchés du pays.

Au Pérou, on boit le *pulqué*, vin dont nous avons déjà
signalé l'usage au Mexique.

Aux îles Carolines, le *piper siroboa* sert à préparer un
breuvage appelé *schiaka*.

Aux îles Philippines, le *vin de coco* et de *nipa*, spiritueux
faible, constitue une source de revenu importante, par
suite de l'impôt qui frappe cette liqueur depuis l'année
1712. La fabrication du vin de coco est libre dans toute la
Bisaye, mais non pas dans la Luçonie, où elle se fait de
la manière suivante (1) :

Au milieu de la partie du cocotier qui porte la grappe
et ses fleurs, il y a une tige charnue, pleine de sève et
s'allongeant en pointe, que l'Indien coupe. Il l'incline
ensuite pour l'introduire dans un tube en bambou, appelé
bonbon, pour y faire couler la sève pendant vingt-quatre

---

(1) J. Mallat.

heures. Quand les arbres sont nombreux, on établit des communications de l'un à l'autre pour faciliter le travail.

Le liquide de tous les arbres se verse dans un cylindre de bambou qu'un homme, stylé à cette manœuvre, porte sur le dos. On laisse fermenter pendant huit jours, ce liquide appelé *tuba*, après quoi on le distille dans un alambic grossier, qui n'est autre chose qu'un chaudron avec un conduit en bambou dirigeant vers une cruche l'alcool qui peut être distillé de nouveau. Six à huit cruches de tuba donnent ordinairement une cruche d'eau-de-vie ou de fort vin de coco qui, pour être reçu, doit s'enflammer au doigt. C'est l'*arrack-tuba*.

La tuba extraite du palmier nipa est plus chargée d'alcool que celle du coco. Le nipa croît sur le bord de toutes les rivières et son suc, pris avant la fermentation, constitue une boisson très-rafraîchissante. Les Indiens font usage de ce vin dans toutes leurs réunions, dans leurs fêtes, dans leurs jeux et leurs combats de coqs. Il est cependant fort rare qu'ils s'enivrent dans d'autres occasions, et l'on ne rencontre jamais d'Indiens ivres dans les rues.

Différentes provinces, désignées comme *colectoras*, sont spécialement affectées à cette fabrication. Un administrateur général de cette branche de revenu siège à Manille, et a sous son autorité, dans les provinces de la Luçonie, des administrateurs particuliers, des contrôleurs (*interventores*) et des inspecteurs (*fieles*). En Bisaye, chacun prépare son vin lui-même et y ajoute une écorce dont la propriété est de hâter la fermentation. Mais les habitants de cette partie des Philippines, ne comprennent pas combien cette liberté leur est avantageuse. Ils sont tellement insouciants et paresseux, qu'ils préféreraient que le gouvernement mît la distillation en régie, afin d'être sûrs de ne jamais manquer de ce vin, sans avoir la peine de le faire.

Dans l'origine, la fabrication du vin de coco et de nipa était affermée à des particuliers pour une valeur de 1000 piastres ; en 1780, elle s'élevait à 45,200 piastres. C'est ce qui engagea le gouvernement à la mettre en régie. Le chiffre de cette production s'est élevé à 457,921 piastres, en 1836. Il a toujours été en décroissant depuis. On attribue cette décroissance à l'introduction des spiritueux étrangers dans les îles Philippines, et à la fraude qui se fait sur le rhum dont la distillation est maintenant permise.

Aux îles Mariannes, on se procure, à l'aide d'un procédé venu de Manille, de l'eau-de-vie de coco, espèce de tuba, très en faveur à Guaham. Quelques métis tirent du maïs un alcool de qualité inférieure, pour la force, à la tuba. Il en est de même pour la liqueur qu'ils obtiennent avec la plante exotique nommée par eux *barra de San-Jose.*

Aux îles Sandwich, on fait avec la racine de *terrool* cuite, pilée, délayée et fermentée, une boisson appelée *y-wer-a.*

Dans ce même archipel, ainsi que dans celui des îles Marquises, aux îles de la Société, des Amis, des Navigateurs, Fidji ou Viti, à Tonga-Tabu, etc., on se procure une boisson enivrante désignée, selon les îles, sous les noms de : *kawa, kava, cava, ava, ava-ava, E. vava,* et que les indigènes préparent avec la racine d'une espèce de poivrier, le *piper methysticum* (de μεθυ, vin).

§ II.

Monographie du kava. — Ancien cérémonial d'un kava. — Préparation
du kava. — Nature de ce breuvage, ses effets physiologiques. —
Observations du docteur Nadeaud. — Ravages étiologiques produits
par l'abus du kava.

Le *piper methysticum* (Forster), *macropiper methysticum*
(Miquel), est un arbrisseau de la famille des pipéracées,
propre aux îles de l'Océanie.

Aux îles Sandwich on l'appelle *kava*;

Aux îles Marquises, *kava-kava*;

Dans les îles de la Société, *ava, ava-ava, E. vava*;

Aux îles Fidji et Tonga, *ava* ou *kava*;

Aux îles Carolines, *schiaka*.

Le dictionnaire anglo-tahitien désigne donc cette plante
sous les noms de ava, cava, kava, kawa, kawa-kawa.

Cultivé jadis dans un grand nombre d'îles, le kava présente des variétés qui, à Tahiti, croissent soit dans des
terrains secs, sur le bord des ruisseaux, soit dans des sols
humides, conditions qui influent sur les propriétés enivrantes et qui expliquent pourquoi les indigènes n'emploient pas indifféremment ces variétés.

La racine de kava est plus ou moins grosse, pèse en
moyenne de un à deux kilogrammes, et si elle offre des

dimensions plus fortes, elle peut atteindre jusqu'à dix kilogrammes et plus. Recouverte d'un épiderme gris, elle est pleine et non pas *creuse* par place, ainsi que l'ont dit quelques auteurs (1); blanche à l'intérieur, elle est parfois colorée en jaune citron, comme dans la variété *marea*, ou prend une teinte rosée par son exposition à l'air, comme dans la variété *avini-ute*. La racine du *piper methysticum* est formée d'une grande quantité de faisceaux fibro-vasculaires épars, organisation qu'on retrouve dans la tige, ce qui fit ranger d'abord les plantes de sa famille parmi les monocotylédones. Cette racine, en se desséchant, perd 55 p. % d'eau, devient très-légère, et prend une coloration jaunâtre.

Les tiges sont cylindriques, lisses, flexueuses, dichotomes, et les rameaux supérieurs sont herbacés. Diversement colorées, ces tiges sont noueuses, présentent des renflements pleins et solides de distance en distance. Leur organisation intérieure ressemble à celle des végétaux monocotylédones. Comme chez ces derniers, l'on y trouve un cercle ligneux de 17 à 20 millimètres d'épaisseur à la partie périphérique, et de nombreux faisceaux vasculaires épars au milieu d'un tissu blanc, jaune ou rosé, suivant les variétés.

Les feuilles, membraneuses, à pétioles engaînants, sont étalées, profondément échancrées en cœur à la base, légèrement acuminées et subarrondies au sommet. Elles possèdent de onze à treize nervures saillantes qui toutes partent de la base de la nervure médiane. A deux centimètres de la base de la feuille, le pétiole se dilate et forme une gaîne amplexicaule verte ou violacée, comme dans

---

(1) *Dictionnaire de matière médicale*, de Mérat et de Lens, tome 5, page 335.

l'espèce à tige violette, l'*avini-ute*. Les jeunes feuilles sont munies de stipules vertes, étroites, foliacées, caduques, quelquefois de couleur vineuse, comme dans la variété que nous venons de citer.

Les fleurs sont dioïques, réunies en châtons axillaires nus et allongés.

Les fruits sont des baies monospermes.

Les Tahitiens ne comptent pas moins de quatorze variétés d'ava. Mais, comme on doit s'y attendre, les caractères qu'ils assignent à ces variétés sont principalement empruntés : à la qualité enivrante des racines, à la coloration, à la hauteur et à la grosseur de la tige, à la longueur des entre-nœuds (mérithalles), enfin à la nuance des feuilles. Il est nécessaire d'étudier ces variétés, qui n'ont d'importance véritable que celle qu'on leur attribue dans le pays, mais qu'on ne pourrait pas se procurer si l'on n'en citait pas au moins les noms aux insulaires :

1° *Hahatéaa*. Cette variété a des tiges ligneuses d'un vert foncé, de trois centimètres et demi de diamètre ; l'épiderme des jeunes tiges est maculé de glandes ou de taches nombreuses ; les mérithalles sont courts. Cette espèce vient dans les terrains humides ; aussi n'est-elle pas ordinairement recherchée par les naturels. L'ivresse qu'elle produit se fait attendre et n'est pas de longue durée.

2° *Avini-ute* (*ute rouge*). Tiges ligneuses, d'un rouge violacé foncé, tout-à-fait semblable à celui de la tige de la canne à sucre violette *(saccharum violaceum)* ; diamètre de trois centimètres et de quatre centimètres aux nœuds ; mérithalles de huit centimètres de longueur ; jeunes tiges verdâtres, maculées de taches d'un rouge foncé. La partie extérieure de la gaîne amplexicaule du pétiole et les stipules sont colorées en rouge violet ; les feuilles sont d'un beau vert. Cette espèce pousse dans les terrains secs ;

sa racine, fort estimée, est tendre, facile à mastiquer et
donne une boisson qui produit promptement l'ivresse.
Coupée, elle rougit par son exposition à l'air.

Cette variété a reçu le nom d'*avini* (plaisir) à cause de
l'ivresse calme, durable, des hallucinations riantes et
voluptueuses qu'elle produit ; cette dernière particularité
rapprocherait le kava du HASCHISCH (*cannabis indica*). —
« Quand on boit de l'ava préparé avec l'*avini-ute*, me dit
un jour un vieillard du nom de UATA, on rêve aux *vahi-
nés* (femmes). »

Ce vieillard s'est donné le nom de Uata, en souvenir de
la mort d'un fils de Pomaré qu'il aimait beaucoup, et
voici dans quelles circonstances : Pomaré II avait un fils,
le frère de la reine Pomaré actuelle, qui fut élevé par le
R. M. Orsmond, missionnaire anglais. Cet enfant, qui
parlait anglais, tomba dangereusement malade d'une
dyssentérie, et Uata se fit son gardien de tous les instants.
Comme il entendait souvent le jeune prince demander à
boire et prononcer le mot *water*, il crut faire preuve de
beaucoup d'attachement en prenant ce nom après la mort
de l'enfant. La prononciation tahitienne en fit, par cor-
ruption, le mot *Uata*, qu'il a conservé depuis. Uata était le
père nourricier de la reine Pomaré ; c'est lui qui allait,
jadis, chercher l'ava pour la famille royale.

3° *Avini-téa*. Tiges minces d'un vert pâle, allongées, à
mérithalles de quinze centimètres de longueur, à feuilles
d'un vert tendre.

4° *Toaparu, tooparu, paru*. Tiges d'un gris verdâtre, de
cinq centimètres de diamètre, à mérithalles longs de onze
centimètres. Cette espèce, qui vient dans les terrains secs,
possède une grosse racine fibreuse qui, bien que très-
difficile à mâcher, est très-estimée.

5° *Toa*. Tiges minces, d'un vert jaunâtre d'une teinte

uniforme, à mérithalles allongés; sa racine est dure. Ce nom *toa* (dur) peut s'appliquer d'une manière générale à toutes les espèces, suivant le terrain dans lequel elles poussent. Quand on les cultive, les racines d'ava sont tendres; elles sont au contraire très-fibreuses si la plante vient dans un sol aride et tassé; on les dit alors *toa*, dures.

6° *Maopi.* Cette espèce tire son nom du caractère de ses feuilles, qui sont plissées sur les bords. Les tiges sont vertes et ressemblent à celles de la variété précédente.

7° *Orava, marava.* Tiges rougeâtres, à longs mérithalles, à feuilles foncées.

8° *Aué.* Tiges foncées, grosses, à mérithalles courts : la racine est assez volumineuse.

9° *Poïhaa.* Tiges courtes, sans caractères bien tranchés et ressemblant à la variété précédente.

10° *Fauri.* Tiges d'un vert clair, de deux centimètres de diamètre, de trois aux nœuds, à mérithalles allongés et ponctués de glandes d'un vert sombre, ordinairement réunies autour de la partie inférieure de chaque nœud : ce caractère est tranché. La racine de cette espèce donne une bonne liqueur.

11° *Taramaété.* Cette variété doit son nom à la grande élévation de ses tiges, d'un vert sombre et maculées de taches de même nuance. L'ava qu'on offrait aux dieux dans les grandes solennités, le jour d'un sacrifice humain, par exemple, était préparé avec la racine de cette espèce.

12° *Maréa.* Tiges verdâtres ; racine d'un jaune citron à l'intérieur. On pourrait, à la rigueur, ne pas considérer cette variété comme particulière, car plusieurs espèces offrent des colorations jaunes plus ou moins accusées lorsqu'on vient de les arracher du sol. Cependant les Tahitiens en font une variété à part.

13° *Morotoï.* Tiges foncées noirâtres, à mérithalles courts,

Cette espèce n'est pas originaire de Tahiti ; elle y a été introduite ; elle est très-rare, car les vieillards la connaissent seuls aujourd'hui.

14° *Ataura*. Tiges rougeâtres, à mérithalles allongés ; la racine est grosse, mais de qualité ordinaire.

De toutes les variétés qui précèdent, les plus communes encore sont : hahatea, avini-ute, avini-tea, tooparu, toâ, fauri et taramaete.

Le *piper latifolium* (ava-avaïraï), est assez répandu à Tahiti ; il est sans emploi bien que ses propriétés enivrantes soient à peu près les mêmes que celles de l'ava. Dans les îles dépourvues de *piper methysticum*, cette espèce remplace ce *piper*.

Le *piper celtidifolium* a été importé de la Nouvelle-Zélande à Tahiti, où il est aujourd'hui devenu excessivement rare.

On ne cultive plus l'ava à Tahiti, et sa liqueur n'y est presque plus en usage. Cependant, dans la presqu'île, on rencontrait encore, en 1855, des vieillards qui n'avaient jamais pu se faire à nos boissons alcooliques et qui, lorsqu'une grande circonstance se présentait, s'imposaient des privations afin de pouvoir amasser l'argent nécessaire et acheter une racine d'ava qu'ils payaient quelquefois jusqu'à cinq piastres.

A l'époque où les Tahitiens cultivaient l'ava, ils en faisaient des plantations autour de leurs cases, et choisissaient de préférence un terrain un peu en pente, qui ne fût pas trop humide, et cela, afin d'éviter d'amoindrir les propriétés de l'arbrisseau. L'un des coins de ces plantations était réservé aux *varua-ino* (mauvais esprits) pour se les rendre favorables, et l'on marquait d'une petite lanière d'écorce les plantes qui leur étaient consacrées. Les *atua* (dieux) avaient aussi leur part : tous ces plants devenaient *tabu* (sacrés).

On cultive encore de nos jours le kava aux îles Marquises et aux îles Tonga, mais jadis de belles plantations de kava entouraient la demeure des indigènes à *Namuka* (îles Tonga). Ces plantations étaient closes et parfaitement soignées ; le sol était sarclé, nettoyé, débarrassé des mauvaises herbes. Il en était de même à *Pangai-Modu,* cette station préférée des Européens qui visitent Tonga-Tabu. Au village de Hifo, situé à quinze milles du mouillage et composé de cases charmantes cachées sous des massifs d'arbres, ces plantations, dit le capitaine Pendleton, étaient entourées d'enclos, et nulle plaine, si ce n'est celle de Namuka, n'était aussi féconde, ni aussi bien cultivée. Les champs de kava étaient de vrais jardins, tenus avec soin, avec un ordre et une recherche admirables. On y eût en vain cherché une mauvaise herbe (1).

Le kava se buvait à l'occasion d'une réception officielle ; il était le gage de l'hospitalité offerte et acceptée, une marque d'alliance. Il précédait toujours les entreprises guerrières et les fêtes religieuses ; c'était un signe de paix, de réconciliation, ou l'objet d'un riche présent.

Lorsque dans un kava solennel on se proposait de décider le peuple à déclarer la guerre, à faire la paix ou à sacrifier un prisonnier, les prêtres et les chefs seuls pénétraient dans l'enceinte où se préparait le kava. La dose de racine, calculée selon le but proposé, produisait une liqueur simplement excitante ; prêtres et chefs, en proie à une exaltation fébrile, comme possédés d'une sorte

---

(1) *Voyage pittoresque autour du Monde,* tome II, page 30.

de délire prophétique , apparaissaient tout-à-coup au milieu du peuple assemblé, qu'ils passionnaient bientôt par l'entrain et la véhémence de leurs discours. Pâle d'émotion et de stupeur, la foule écoutait en silence en dehors du *maraé* (1).

Il n'y avait que les gens de haute naissance, les rois et les chefs qui, affranchis du travail agricole, pouvaient tous les jours se donner le luxe de boire le kava. Alors la société tahitienne se divisait en *arii* ou princes, en *raatira* ou chefs et même simplement propriétaires fonciers, en *manahuné*, gens du peuple ou prolétaires. Entre les *arii* et les *raatira*, il y avait un échelon intermédiaire qui correspondait aux nobles et qu'à Tahiti et à Moorea l'on désignait sous le nom de *eiétoaï*, et dans les îles sous le vent, sous celui de *tuuhou*.

Lorsqu'un raatira buvait son ava , il s'entourait de gardes spéciaux qui écartaient les importuns. Un chien venait-il à aboyer, on le tuait à l'instant ; un coq chantait-il, on lui infligeait aussitôt le même sort.

La faveur de boire l'ava s'accordait comme récompense au jeune homme qui venait de faire ses premières armes. Sa première victoire lui valait l'insigne honneur de tremper ses lèvres à la coupe du breuvage symbolique dont l'usage le classait désormais parmi les guerriers. L'usage de l'ava était interdit aux femmes et aux enfants.

C'est l'Anglais Mariner qui, le premier, a décrit la cérémonie d'un kava avec tous ses détails de forme et d'étiquette (2).

« Dans ces grandes occasions, dit-il, le chef qui préside

---

(1) Enclos, tertre sacré.

(2) Mariner, *Histoire des îles Tonga.*

au kava, et c'est toujours le plus élevé en dignité, s'assied à deux ou trois pieds du bord de la maison, sur la natte qui couvre le plancher, et la figure tournée vers le *malaï*, où se développe le cercle des conviés. A côté de cette sorte de président sont deux de ses *mata-boulaïs*, ou maîtres de cérémonies du kava. Ensuite viennent les chefs suivant leur importance, puis les *mata-boulaïs*; enfin les *mouas*, s'il y a lieu, classe inférieure aux deux autres. Quelquefois la position des assistants se trouve modifiée par l'ordre d'arrivée : l'étiquette est moins dans ce fait que dans celui de la distribution. Au milieu du cercle, et en face du président, se tient le manipulateur du kava, un *mata-boulaï*, un *moua*, ou un *toua*, et quelquefois même un *égui*.

» On peut diviser le cercle du kava en deux parties : l'une supérieure, au sommet de laquelle est le président et où s'asseoient les grands chefs; l'autre inférieure, où sont les chefs moindres et d'autres convives. C'est autour de cette dernière que se tient le peuple, formant ainsi une espèce de cercle extérieur.

» Cette section du cercle du kava, en deux parties, n'est point une chose imaginaire; elle existe, elle sert à créer une nouvelle sorte de catégories. Ainsi un individu, quel que soit son rang, ne peut s'asseoir dans le cercle supérieur, si son père ou un parent supérieur à lui se trouve dans le même cercle, à quelque distance que ce soit. Si au moment où son père arrive, cet individu est déjà placé, il doit se retirer sur le champ et se placer dans le cercle inférieur.

» Quand tout le monde est assis, l'un des maîtres des cérémonies appelle un des serviteurs qui entre par le fond du cercle. Sur l'ordre reçu, il apporte la quantité de kava nécessaire, la dépose aux pieds du président; puis, à un autre signal, il la remet au préparateur. Les fonctions de

celui-ci commencent ; il brise le kava en petits morceaux,
le nettoie avec des coquilles aiguisées ; puis se dispose à le
confier aux masticateurs de bonne volonté. Jusque-là le
silence a régné ; mais dès que le préparateur a remis
quelques paquets de kava à ses voisins, un cri général
s'élève : *maï ma kava !* (donnez-moi du kava !)

» Pour cet office on choisit les meilleurs râteliers de la
bande, les dents les plus saines et les plus jeunes. Le kava
se mâche ainsi à la ronde et se dépose sur des feuilles de
bananier, d'où on le porte dans le bol commun. Quand ce
travail est terminé, le plus grand silence s'établit de nouveau.

» Alors le préparateur incline un peu le bol, le montre
au président et dit : *Koé kava héni goua ma* (voici le kava
mâché) ; à quoi le chef, s'il trouve la dose suffisante, répond : *Palou* (mêlez). Alors deux aides se placent à côté
du préparateur ; l'un verse l'eau, l'autre chasse les mouches. Le mata-boulaï, maître des cérémonies, qui siége à
côté du président, commande l'opération comme on le
ferait pour la charge en douze temps : *Lingui a waï* (verse
de l'eau) ; *Maou e waï* (assez d'eau) ; *Palou tataou, éa faka
maou* (mêle bien tout également et rassemble). Et tous ces
ordres s'exécutent.

» Quand le mélange est suffisamment brasséié : *Ai é fou*
(mets dans le fou), dit le mata-boulaï. Le fou est une espèce de filet fait avec une matière fibreuse qui provient
de l'écorce de l'hibiscus. On en apporte une quantité
suffisante pour couvrir toute la surface de l'infusion, en la
laissant flotter au-dessus du vase. Alors commence la manœuvre la plus délicate, celle qui fait la gloire ou la honte
de l'opérateur : il s'agit d'envelopper dans le fou toute la
substance du kava et d'en exprimer ensuite le suc dans le
bol. La vigueur, l'adresse, la grâce de l'exécutant, sont

7

l'objet des remarques de l'assemblée. On le suit avec l'attention la plus profonde. On épie ses moindres gestes, on s'intéresse au résultat avec une sollicitude inquiète.

» Le kava est prêt; les fibres sont jetées au loin; les vases sont fabriqués avec les bandes découpées du bananier; l'homme du bol a dit : *Goua ma é kava méi* (le kava est prêt). Le mata-boulaï a répondu : *Faka taou* (verse-le). Alors deux ou trois individus du cercle inférieur approchent avec plusieurs coupes à la main. Le préparateur plonge dans le liquide un morceau de fou roulé en paquet, comme on le ferait d'une éponge, puis l'exprime dans le vase présenté. Chaque ration est d'environ un tiers de pinte. Un serviteur s'écrie : *Kava goua héka* (le kava est versé). Le mata-boulaï répond : *Angui ma...* (donne-le à..,), désignant par son nom le premier chef en titre. Le porteur s'avance vers le destinataire, lui présente la coupe : et ainsi des autres.

» Le cérémonial le plus intéressant de tous est surveillé par le mata-boulaï. D'habitude, le chef, placé à la tête du cercle, reçoit la première ou la troisième coupe, cette dernière plutôt que l'autre, car la première est adressée souvent par le mata-boulaï à son confrère assis à l'autre côté du chef. Cette règle d'étiquette n'est pas sans exceptions. Ainsi un chef étranger, un visiteur d'une île voisine, ont parfois l'honneur de la première coupe. Dans un kava ordinaire, celui qui offre les racines, quoique chef inférieur, est souvent servi avant tous les autres. Mais, habituellement, le président a toujours la première ou la troisième coupe, et le mata-boulaï qui ne donne point d'ordres, la seconde ou la quatrième. La distribution marche ensuite suivant l'ordre des préséances.

» Dans les grandes parties de kava où assistent plusieurs centaines de personnes distinguées, sans compter les flots

du peuple qui circulent à l'entour, il est impossible que
tout le monde soit admis au partage de la boisson. On ne
sert guère que les personnes du cercle supérieur, et leurs
parents du cercle inférieur, suivant leur rang ou à peu
près. Le premier bol une fois vide, le chef en fait souvent
distribuer un second, puis un troisième et même un
quatrième. Pour ces nouveaux bols, le cérémonial ne
change pas; on les prépare et on les sert comme le premier.
En de certaines occasions, on a vu des chefs du cercle
supérieur offrir à leur tour de la racine de kava et remplacer l'amphitryon. Cependant, jamais un chef supérieur
ne se rend au kava d'un inférieur, et quand cela arrive,
par extraordinaire, l'inférieur se retire hors du cercle, et
laisse le supérieur présider son propre kava.

» Les kavas religieux n'ont pas un autre caractère, si ce
n'est que le prêtre préside, et qu'on y observe un silence
complet (1). »

Le capitaine Pendleton, du sloop l'*Océanie*, raconte ainsi
la réception qui lui fut faite, ainsi qu'à ceux qui l'accom-
pagnaient, par *Hata*, chef du village de Hifo, aux îles
Tonga :

« Les éguis de la famille, les mata-boulaïs et les serviteurs s'étaient réunis en cercle sur le malaï qui formait
une esplanade devant la maison. Le peuple, debout et
dans une attitude curieuse, mais discrète, épiait la venue
de son chef. Il parut, marcha vers le haut du groupe
circulaire, facile à reconnaître à son magnifique collier de
dents de cachalot, attribut principal de son grade de
généralissime. Nous apercevant, il nous tendit la main,
nous fit asseoir à ses côtés, puis donna le signal. Ce kava
étant à notre intention, Hata nous en fit les honneurs.

---

(1) *Voyage pittoresque autour du Monde*. t. II. pp. 23, 30.

» Au signal donné, un des principaux mata-boulaïs, assis à l'autre bout du cercle, prit un large plat, sorte de trépied dont l'intérieur, vernissé par le sédiment de la liqueur, attestait les vieux et longs services. Prenant alors des mains d'un naturel une immense botte de kava destinée à la préparation du jour, il la distribua racine par racine au peuple qui entourait les convives, choisissant les hommes les plus jeunes, les femmes les plus fraîches.... »

Nous passerons ce cérémonial, le même que nous venons de décrire, et nous ajouterons seulement que tout mata-boulaï qui acceptait la mission de préparer le kava devait être bien sûr de lui-même ; car un kava manqué dans une occasion importante était une honte pour le manipulateur. Celui qui prépara ce kava était l'artiste le plus habile de sa tribu ; aussi chacun avait-il préparé d'avance sa coupe, composée de feuilles de cocotier adroitement disposées ; chaque coupe ne servit qu'une fois ; on la jeta ensuite.

Le capitaine Waldegrave, du sloop de guerre le *Serin-gapatnam*, raconte à peu près de même le cérémonial du kava qui fut donné en 1830, par un chef de Mori nommé Parton, au *touï-tonga* (roi) de Pangaï à son retour des îles Hapaï, ainsi que les détails du kava auquel il assista à *Vavao* (îles Tonga), quand il alla demander raison au chef Finau de l'insulte faite par lui au pavillon britannique au sujet de l'attaque par ses sujets de deux navires baleiniers dont les équipages avait été blessés (1).

Après ces descriptions de Mariner, de Pendleton et de Waldegrave, disons comment nous avons vu, nous-même, préparer le kava en Océanie, de 1854 à 1858.

— — — ..

(1) *Voyage pittoresque autour du monde*, t. II, pp. 74, 493.

Ce sont les jeunes filles, ou à leur défaut, des jeunes gens qui mâchent les racines de kava. On choisit de préférence pour cette opération délicate, celles ou ceux qui ont les plus belles dents; ils se lavent préalablement la bouche et les mains et disposent des vases spéciaux d'une propreté irréprochable. Ce sont de grands plats creux en bois portés sur trois pieds, qu'on appelle *umété*. Autrefois, les jattes ou récipients dans lesquels les chefs préparaient l'ava étaient, au dire de Cook, « remarquablement ouvra-
» gés. Ils étaient ronds, de huit ou dix pouces de diamètre
» et parfaitement luisants à l'intérieur. Trois et quelque-
» fois quatre petites figures humaines, ayant différentes
» attitudes, les supportaient. Il y en avait qui reposaient
» sur les mains des figures, étendues au-dessus de la tête;
» d'autres reposaient sur la tête et les mains, d'autres
» étaient appuyés sur les épaules. Les proportions de ces
» figures étaient très-exactes, elles étaient très-finies et
» l'effort des muscles bien marqué. (1) »

On n'emploie jamais que la racine fraîche qui se mâche incontestablement mieux que la racine sèche, quoi qu'on en ait dit. Cette mastication s'opère lentement et l'on n'a-bandonne chaque morceau de racine que lorsque le tissu fibreux est bien divisé et que le tout forme un bol homo-gène.

Quand la provision de kava est mâchée, et la quantité varie suivant le nombre des buveurs, l'on réunit les bols fibreux jaunes et tout gluants de salive dans le plat (umété). On les délaie ensuite dans une quantité d'eau déterminée en les pressant doucement avec la main. Ce mélange achevé, les parcelles ligneuses qui flottent dans le liquide, s'enlèvent au moyen d'une poignée de fila-

(1) Cook, 2° *Voyage*, t. IV, p. 96.

ments qu'on obtient au moment même, en écrasant
et en étirant plusieurs fois, entre deux petits morceaux
de bois, les hampes vertes et tendres du *cyperus cinc-*
tus (môu). Promenés avec soin et à diverses reprises
par tout le liquide, ces filaments se chargent des débris
fibreux, et bientôt il ne reste plus en suspension dans
celui-ci qu'une assez forte proportion de fécule. Au lieu
d'employer l'eau ordinaire, pour délayer la racine mâchée,
on fait usage, dans quelques îles, d'eau de coco. Dans tous
les cas, le breuvage est toujours servi aussitôt après sa
préparation, et sans qu'on lui fasse jamais subir la moindre
fermentation préalable.

J'insiste sur cette observation, parce que dans le *Dic-*
tionnaire de matière médicale de Mérat et de Lens, on a
écrit le contraire.

« Il paraît, y est-il dit, qu'aujourd'hui, instruits par les
» Européens, les naturels de la Polynésie préparent le
» kava par l'infusion de la racine de ce poivre et sa macé-
» ration dans l'eau où *elle subit un commencement de fer-*
» *mentation.* » Il était important de faire cesser cette erreur.

L'odeur aromatique de la liqueur de kava attire promptement une grande quantité de petites mouches ; aussi
a-t-on la précaution de couvrir le vase qui le contient,
soit avec une feuille de taro (*arum esculentum*), soit avec
un morceau de feuille de bananier. Le kava est donc une
boisson essentiellement aqueuse et *non fermentée*, malgré
ce que dit encore d'Orbigny dans son *Dictionnaire universel*
d'Histoire naturelle, t. 10, p. 360.

Mâchée à l'état frais, la racine de kava est d'abord douce
et aromatique, puis elle devient amère, âcre et piquante,
provoque une salivation abondante et fait éprouver au bout
de quelques instants un sentiment de brûlure et de cuisson à la langue.

La mastication du kava surexcite tellement la muqueuse buccale de celui qui s'est chargé de ce soin, qu'il ne peut participer à la distribution du breuvage; il lui serait impossible de le garder, il le vomirait à l'instant. Mais celui des buveurs qui se trouve le premier débarrassé de l'ivresse s'empresse de mâcher une nouvelle dose de racine, et le masticateur peut à son tour satisfaire sa passion.

La dose se calcule par le nombre de bouchées de racine mâchée. Deux bouchées délayées dans un verre d'eau fraîche constituent la dose ordinaire de chaque individu. Il y a pourtant des buveurs qui en délaient trois et quatre dans la même quantité d'eau; l'ivresse alors est presque instantanée. Si l'on ne fait usage que de la dose ordinaire, l'ivresse ne se produit plus que vingt minutes après l'ingestion; mais si l'on n'a pas l'habitude du kava, l'on se trouve subitement ivre.

Le kava se boit dans une moitié de coco grattée, transformée ainsi en une coupe légère et transparente qui, après un certain temps d'usage, prend une belle teinte jaune et acquiert un vernis éclatant. A la beauté du vernis on jugeait autrefois la richesse de celui à qui appartenait la coupe, puisqu'il n'y avait que les gens fortunés qui pouvaient se donner fréquemment le luxe de ce breuvage.

La saveur de cette boisson est d'abord douce, puis elle devient piquante et âcre. Lorsque les Polynésiens prennent la coupe pour boire le kava, ils hésitent quelques instants avant d'avaler le liquide, et la répugnance qu'ils éprouvent se traduit chez eux par des nausées, des contractions répétées de l'estomac. Cette première impression de dégoût surmontée, ils avalent tout d'un trait le liquide, et immédiatement après ils se gargarisent avec de l'eau fraîche et se lavent aussi le visage et les mains. Le kava n'est donc pas pour eux, ainsi qu'on l'a écrit dans la *Revue coloniale*, vol. XVI, 2ᵉ série, page 89, « une boisson agréable à laquelle on s'habitue aisément. »

Les Tahitiens ne mangent pas avant de prendre le kava ; mais, dès qu'ils l'ont avalé, ils se hâtent de prendre des aliments avant que l'ivresse les saisisse. Les mets qu'ils choisissent de préférence dans ce cas sont le poisson cru et le fruit cuit de l'arbre à pain. Leur repas achevé, ils allument une cigarette, prennent une position commode, se couvrent le visage et attendent ainsi, dans un repos complet, que l'effet du breuvage se manifeste.

D'autrefois, dès que les indigènes ont pris ce breuvage, ils causent et plaisantent entre eux, tout en exhalant par le nez ou en avalant la fumée de leur cigarette, qu'ils rendent ensuite par la bouche avec beaucoup de lenteur. Au bout de dix minutes ou un quart-d'heure, suivant la dose, ils pâlissent, se taisent ; une sensation pénible se fait sentir à l'épigastre, sensation qui disparaît si les buveurs mangent en ce moment. Leurs traits prennent une expression morne, hébétée ; leur vue se trouble, une vive rougeur des conjonctives et des phénomènes de diplopie se manifestent. Des bourdonnements d'oreilles incommodent les buveurs, qui portent la main à l'oreille comme pour éloigner un corps étranger. La circulation se ralentit d'une manière notable, tout le corps est pris d'un tremblement nerveux, avec projection de la face en avant. La station et la marche deviennent absolument impossibles. La respiration est faible, tout en conservant son rhythme normal ; le pouls a beaucoup diminué de fréquence et d'ampleur. De fréquentes envies d'uriner se produisent, peu chaque fois, mais jusqu'à vingt fois dans une heure. Il y a absence complète d'appétits génésiques ; les sueurs abondantes, dont on a parlé, n'existent pas.

Après ces premiers symptômes survient une *sorte* d'extase ; les buveurs restent plongés dans cette ivresse comateuse qui pourtant laisse intactes les facultés intellectuelles. C'est alors que pour l'Indien commence la période de la jouissance. Tout entier absorbé dans l'idée qui lui complaît, le moindre bruit en le rappelant à la vie réelle détruit les conceptions bizarres qui charment son imagination et l'incommodent outre mesure. Un silence et un repos absolu lui sont indispensables. Si dans cet état on vient à l'inquiéter, il s'irrite et peut devenir furieux. Quand on lui adresse la parole, il ne répond qu'en rechignant, avec lenteur et une difficulté extrême ; le questionner en ce moment, c'est littéralement le mettre au supplice.

Ce n'est que lorsque cette rêverie mélancolique commence à se dissiper que les buveurs hasardent quelques mots brefs ; puis les mouvements reparaissent peu à peu. L'ivresse passée, il ne leur reste qu'un peu d'hébétude et une grande fatigue dans toutes les articulations ; aussi vont-ils immédiatement se plonger dans l'eau courante et fraîche de quelque ruisseau. Au repas qui suit, ils s'abstiennent de *popoï* (1), et ne mangent que de la noix de coco.

Quand l'ivresse se fait attendre, ce qui dépend de l'espèce de racine qui a servi à préparer le breuvage, et si elle a été récoltée dans les terrains humides, les buveurs restent plongés dans une profonde torpeur ; ils s'impatientent, s'irritent au moindre bruit et deviennent méchants. On ne peut non plus les faire parler sans les

---

(1) Pâte fermentée sous terre et faite avec les fruits de l'arbre à pain (*artocarpus incisa*).

8

rendre malades. Dès qu'on pénètre dans une case où quelque indigène cuve son kava, on voit le buveur entr'ouvrir péniblement ses paupières alourdies, faire signe de la main de marcher plus doucement, de ne pas parler et de ne pas l'incommoder. Lui parle-t-on, il faut que ce soit à voix très-basse; sans quoi il se plaint de violents maux de tête. Un bruit plus fort le contrarie, l'excite, provoque des vomissements, et l'ivresse se dissipe.

Aux îles Marquises, les indigènes fument beaucoup dès qu'ils sont sous l'influence du kava. Aussi gardent-ils près d'eux un enfant, c'est le plus souvent une petite fille *(paoé)*, pour entretenir le feu du tison et pour, sur leur moindre geste, venir allumer leur pipe ou leur cigarette. Il est défendu *(tabu)* aux indigènes de passer dans les environs des cases isolées où se réfugient les buveurs de kava, et il n'y a que ceux qui leur préparent à manger qui ont le droit d'y pénétrer. Les femmes ne peuvent en approcher sous les peines les plus sévères. Jadis elles ne pouvaient toucher à la coupe dans laquelle se boit le kava; si par un hasard malheureux, l'une d'elles brisait un de ces vases, elle était vouée à une mort certaine et tôt ou tard elle mourait empoisonnée. Les Kanaques portaient alors, suspendue à la ceinture, la coupe destinée au kava, afin de la garantir de toute souillure. De nos jours, les Noukahiviennes peuvent boire du kava, surtout depuis que des médecins européens leur ont recommandé ce breuvage comme prophylactique du *tona* (syphilis) et comme remède contre la phthisie ?... Elles en boivent encore pour guérir la bronchite une dose légère le soir avant de se coucher.

Les véritables buveurs de kava en prennent chaque jour six à huit fois et même davantage pour entretenir leur ivresse. Parvenus à leur sixième ou huitième dose,

un tremblement nerveux les saisit tellement fort qu'ils
ne peuvent plus porter la coupe à leurs lèvres. L'air
hébété, ils la dirigent vaguement de haut en bas, la
portent à leurs yeux, à leur nez..., aussi faut-il leur venir
en aide. Pour diminuer les contractions spasmodiques de
l'œsophage, de l'estomac et les empêcher de vomir, on
leur comprime fortement l'épigastre et le dos avec les
mains. Ils hument alors lentement, plutôt qu'ils ne boivent, le liquide qu'on leur présente.

L'ivresse du kava a de l'analogie avec celle de l'opium,
mais diffère de celle du haschisch. L'on voit les buveurs
de kava, comme les thériakis, avoir des jambes de coton,
c'est-à-dire s'affaisser sous le poids de leur corps, tandis
qu'au contraire, les buveurs ou les fumeurs de haschisch
sont pris d'une envie irrésistible de sauter et de danser.

A dose faible, le kava est une boisson tonique, stimu-
lante, qui donne la force de supporter aisément de grandes fatigues, tout en procurant une excitation agréable
que les anciens chefs sauvages savaient fort bien mettre à
profit au moment du combat.

A dose élevée, le kava produit l'ivresse triste et silen-
cieuse que nous venons de décrire, ivresse qui ne dure
guère plus de deux heures si l'on en fait un usage fréquent,
mais qui peut durer douze heures si on en boit rarement.
Laisse-t-on passer quelques jours sans en prendre, l'ivresse
dure six heures dès qu'on se remet à en boire.

Mon ami, M. Nadeaud, alors médecin de la marine,
a constaté pendant son séjour à Tahiti (1856-1859), que
l'ivresse du kava n'était pas accompagnée des rêves agréables avoués par Uata, et que l'attrait qu'elle peut offrir
consiste dans une sensation particulière, difficile à décrire,
mais qui rappelle l'anéantissement qu'on éprouve au sortir
d'une sieste prolongée dans les pays chauds. Les sueurs

abondantes dont parlent Lesson et d'autres auteurs sont, ajoute M. Nadeaud, une pure invention destinée à expliquer les prétendus effets dépuratifs du kava, car on a avancé qu'il triomphait des accidents syphilitiques (1).

Lesson prétend, en effet, que « l'ava est anti-gonor-
» rhéique et anti-leucorrhéique, et que les Tahitiennes
» l'employaient comme moyen prophylactique à la suite
» de leurs relations journalières avec les équipages euro-
» péens.» Cela n'est pas exact ; il est bien certain, au contraire, qu'au lieu de provoquer les sueurs, le kava les diminue manifestement. Malgré cela, les Tahitiens ont recours au kava (ou ava) dans les affections rhumatismales, dans la bronchite, dans la blennorrhagie chez les deux sexes, et M. Nadeaud l'a vu mainte fois essayer sans succès chez les phthisiques.

Se trouvant quelques années plus tard au Brésil, M. Nadeaud s'est attaché à étudier et à expérimenter l'action comparative de plusieurs pipéracées et en particulier celle des racines d'un des *jaborandi*, celle de l'*ottonia anisum* (Sprengel), variété *longifolia*. Dans cette contrée, le nom de *jaborandi* s'applique non-seulement à plusieurs pipéracées des genres *eukea*, *artanthe*, *ottonia*, mais même au *monneria trifolia* (Linné), qu'on rencontre dans les provinces du Nord.

« D'après toutes mes recherches, dit le docteur Nadeaud, il faut voir dans l'usage que font de ces plantes les divers peuples des contrées chaudes autre chose qu'une simple affaire de mode, de caprice ou de pratique médicale erronée. Nous voyons, en effet, les pipéracées sous forme de

---

(1) *Plantes usuelles des Tahitiens*, p. 19. Thèse pour le doctorat, Montpellier, 1864.

masticatoire comme le bétel des Malais, de boisson enivrante comme l'ava ou kava des Polynésiens, le schiaka
des Carolines, à titre de médicament prédominant, comme
les jaborandi, le caapeba, le periparoba, le nhandi des
Brésiliens, tenir le premier rang dans l'hygiène publique
et la pathologie privée.

» Toute maladie placée sous la dépendance de l'élément
fluxionnaire, qu'elle se manifeste par une névralgie, un
rhumatisme, un flux des membranes muqueuses de n'im-
porte quel point de l'économie, la congestion avec ou sans
hémorrhagie d'un organe, est avantageusement modifiée
et disparaît souvent avec rapidité. Mais dans l'étude médicale de cette famille, il est un fait plus important
encore ; c'est la prophylaxie que leur usage ordinaire, à
petite dose, semble exercer à l'égard de certaines endémies
des pays chauds. Bien que l'expérience n'ait pas encore
prononcé sur un sujet aussi délicat, j'ose partager l'opinion du voyageur Péron, et je pense qu'un Européen ne
peut que gagner à l'usage des pipéracées pour hâter le
travail de l'acclimatement et réveiller chez lui l'activité du
système nerveux. C'est en effet à la propriété qu'elles auraient d'exciter la circulation veineuse, en diminuant la
prédominance du système artériel, qu'on a rapporté leur
action thérapeutique. Quoi qu'il en soit, ne voulant pas
entrer ici dans la discussion de leurs effets physiologiques,
je me bornerai à exposer le résultat de mes observations
particulières.

» A Tahiti, pour mon usage ordinaire, j'avais fait choix
de feuilles de jeunes rameaux de l'*ascarina polystachya*
(Forster). Au Brésil, c'est l'*ottonia anisum* (Sprengel) qui
m'a présenté le plus d'avantages, au point de vue de la
grande activité de ses racines et de l'absence de ces principes nauseux qu'on rencontre chez le ava et autres

poivres. Les racines du jaborandi peuvent, à une assez faible dose, amener l'ivresse et la dépression des forces, combattre les effets des alcooliques, et, en moindres proportions, favoriser la progression dans les longues courses, ainsi qu'on l'indique pour les arsenicaux. »

Les observations qui précèdent sont des plus intéressantes ; elles jettent un jour nouveau sur l'emploi et la manière d'agir des pipéracées, autres que le kava, sur la circulation et sur le système nerveux : elles devaient trouver ici leur place.

Une maladie de peau toute particulière, désignée à Tahiti sous le nom d'*arévaréva*, résulte de l'usage journalier du kava. Les vieux buveurs ont en outre la vue très-obscurcie, les conjonctives très-rouges, les dents fortement colorées en jaune. Leur peau est sèche, écailleuse, fendillée, ulcérée partout où elle offre des épaisseurs, aux pieds et aux mains, par exemple, et ils finissent par tomber dans un état complet d'émaciation et de décrépitude. Je les ai vus, aux îles Marquises, marcher avec des sandales, afin de ménager la sensibilité de leurs pieds malades.

Les Tahitiens qui parvenaient à guérir les ulcères produits par l'abus du kava étalaient avec fierté leurs cicatrices. C'étaient pour eux autant de marques honorifiques, et plus un buveur d'ava en présentait, plus il acquérait de considération. Les Tahitiennes raffolaient des jeunes hommes dont la peau était écailleuse et profondément fendillée, signes aristocratiques qui ne se rencontraient que chez les gens riches et de noble race. Après ceux-ci, elles recherchaient les hommes obèses, et l'on voyait les déshérités faire de fréquents repas, manger d'énormes quantités de cocos et de féis, afin d'acquérir de l'embonpoint et de devenir l'objet des faveurs de ces bizarres jeunes filles.

Les femmes des îles Marquises qui font un usage journalier de kava, ont, au bout de deux mois, le corps entièrement couvert d'une espèce d'ichthyose.

En 1856, une Noukahivienne est morte trois heures après avoir bu une trop forte dose de ce breuvage. — Le kava n'est donc pas, ainsi que nous l'avons lu dans la *Revue coloniale*, vol. XVI, pag. 90, « *dans tous les cas, comme le café, un poison bein lent.* »

Cook a raconté (1) que les effets pernicieux du kava étaient plus sensibles à O'Taïti qu'aux îles Tonga. « Ceux d'entre nous, dit-il, qui avaient autrefois abordé sur ces îles furent surpris de voir la maigreur affreuse d'une multitude d'insulaires, que nous avions laissés d'un embonpoint et d'une grosseur remarquables. Nous demandâmes la cause de ce changement et on nous répondit qu'il fallait l'attribuer à l'ava. Leur peau était grossière, desséchée et couverte d'écailles ; on nous assura que ces écailles tombent de temps en temps et que la peau se renouvelle. Pour justifier l'usage d'une liqueur si pernicieuse, ils prétendent qu'elle empêche de devenir trop gros. Il est évident qu'elle les énerve, et il est très-probable qu'elle abrége leurs jours. Ces effets nous ayant moins frappés durant nos premières relâches, il y a lieu de croire que les O'Taïtiens n'abusaient pas autant de cet article de luxe. S'ils continuent à boire l'ava aussi fréquemment, on peut prédire que leur population diminuera.

» Aux îles des Amis, on ne boit le kava que le matin. Les chefs seuls en boivent constamment, mais ils y met-

---

(1) *Troisième Voyage* de Cook, t. 2, p. 354.

tent tant d'eau que cette liqueur ne semble pas produire de mauvais effets (1).

» Aux îles Sandwich, l'usage du kava leur fait beaucoup de mal : ceux qui en étaient le plus affectés, avaient le corps couvert d'une *gale blanche*, les yeux rouges et enflammés. Ils étaient très-maigres, leurs membres tremblaient et ils ne pouvaient lever la tête. Cette boisson n'abrége pas la vie de tous les individus, car à *Terreeoboo*, Kaoo et quelques autres chefs, étaient très-vieux. Mais elle amène toujours la décrépitude de bonne heure. Heureusement son usage est un des priviléges particuliers des chefs. Le chef de Terreeoboo, âgé d'environ douze ans, se vanta souvent d'avoir obtenu le droit de boire l'ava, et il nous montra d'un air triomphant, un petit espace sur ses reins qui commençait à s'écailler. A *Atooi* (Sandwich), on en prend avec une grande modération et les chefs s'y portent beaucoup mieux. Ils sont d'une figure plus belle que sur aucune des îles voisines. Nous déterminâmes nos bons amis *Kaireekeea* et le vieux *Kaoo*, à s'en abstenir, et depuis ce moment, leur santé se fortifia à un point extraordinaire (2).»

Le kava a de nos jours beaucoup perdu de son ancien crédit. Les Noukahiviens ont remplacé ce breuvage par nos liqueurs fortes. Mais comme les droits énormes qui les frappent à leur entrée ne les mettent pas à la portée de toutes les bourses, les Kanacs s'enivrent avec de l'eau de Cologne, ou avec d'autres alcools dans lesquels il entre des essences (3).

---

(1) Cook. t. 4, p. 65.

(2) Cook. t. 4, p. 65.

(3) *Bulletin de la Société académique de Brest*. 1861. t. I, p. 234. — *Revue coloniale*, 1858. p. 133. — *Archipel des Marquises*, par M. Jouan.

Les Kanacs n'ont plus de fêtes réglées (*coïka*) pour boire le kava. Ils décident, suivant les circonstances, qu'ils donneront une fête à telle époque et invitent, longtemps à l'avance, les tribus voisines. A partir de ce moment, ils s'occupent à réunir les provisions nécessaires pour la fête, c'est-à-dire, des cochons, du poisson, des bananes, des fruits à pain, et enfin la quantité de racine de kava qui doit être consommée (1).

---

(1) *Notice sur l'Archipel de Mendana ou Marquises*, par Ed. Jardin. Cherbourg 1855, in-8°.

§ III.

Analyse chimique de la racine de kava. — La kavahine, ses réactions caractéristiques, sa composition chimique. — La méthysticine. — Le *Dictionnaire de chimie* de M. Wurtz.

La racine du *piper methysticum* contient une grande quantité d'eau, beaucoup de fécule à petits grains arrondis, un principe neutre cristallin auquel j'ai donné le nom de *kavahine* et que j'ai appelé ainsi pour perpétuer le nom de *kava* donné par les Polynésiens au poivrier qui a fait le sujet de mes observations. Ce n'est pas à ce principe neutre qu'on doit attribuer les propriétés enivrantes du kava, mais bien à une matière oléo-résineuse très-abondante qui se dédouble en une huile essentielle jaune-citron et en une résine balsamique, âcre et piquante, que j'ai nommé *méthysticine*. Les autres parties constituantes de la racine de kava sont : de la cellulose, des matières gommeuses et extractives, des sels terreux et alcalins, de l'oxyde de fer, de la silice, etc.

En traitant directement par l'alcool bouillant la racine de kava grossièrement réduite en poudre, on obtient, après avoir filtré et concentré convenablement ce liquide, des cristaux impurs de kavahine. Si on opère à froid dans un appareil à déplacement, soit au moyen de l'alcool à 85° ou de l'éther, on recueille un produit liquide, jaune-citron, qui, distillé convenablement, donne en se refroidissant des cristaux de kavahine qu'on purifie en les faisant redissoudre dans de l'alcool et que l'on décolore, après quelques minutes d'ébullition, en le traitant avec du noir animal bien lavé. Ce liquide filtré est incolore ; par le refroidissement, il abandonne de belles aiguilles soyeuses, prismatiques, d'un blanc de neige, inodores et dépourvues de saveur.

Par sa blancheur, sa légèreté, sa cristallisation, la kavahine rappelle le sulfate de quinine. Elle se présente en houppes soyeuses composées de prismes fins et déliés, inaltérables à l'air.

La kavahine subit un commencement de fusion à 120 degrés ; elle constitue à 130 degrés un liquide incolore qui, en se concentrant, prend la couleur ambrée. Elle bout à 210 degrés, et brûlée sur une lame de platine, elle laisse un résidu brun, charbonneux.

Elle est très-peu soluble dans l'eau froide, soluble dans l'eau bouillante. Cette dissolution, neutre aux papiers réactifs, abandonne en se refroidissant des cristaux de kavahine.

Elle se dissout dans l'alcool et dans l'éther.

L'acide chlorhydrique pur et concentré la dissout et la colore en rouge, nuance qui passe au jaune. Cet acide, étendu d'eau, colore la kavahine en jaune, et si on fait bouillir la liqueur, elle prend une teinte ambrée qui passe à la nuance orange quelques secondes après. La kavahine est dissoute et on voit des gouttelettes brunes, huileuses, nager à la surface de cette dissolution.

L'acide azotique pur et concentré dissout la kavahine à froid ; si l'on fait intervenir l'action de la chaleur, des vapeurs rutilantes d'acide hypo-azotique se dégagent. Cette dissolution, versée dans l'eau, se colore en vert.

Étendu d'eau, l'acide azotique dissout la kavahine avec
le concours de la chaleur. La liqueur, jaune rougeâtre
d'abord, passe au rouge brun, puis au vert ; il se dégage
des vapeurs rutilantes d'acide hypo-azotique.

L'acide sulfurique pur et concentré donne à froid, par
son contact avec la kavahine purifiée, une riche couleur
pourpre-violet, couleur qui malheureusement disparaît
au bout de quelques minutes d'exposition à l'air, et devient
verdâtre. L'eau versée sur ce mélange le fait à l'instant
virer au vert.

Si la kavahine n'est pas suffisamment purifiée, si elle est
jaune et imprégnée d'un peu d'oléo-résine, l'acide sulfurique concentré produit avec elle une vive couleur de car-
min, qui vire au vert par suite de son exposition à l'air.

L'acide sulfurique étendu d'eau donne, à chaud, une
liqueur ambrée qui se fonce de plus en plus.

L'acide acétique dissout la kavahine, surtout à chaud, et
la liqueur, restée incolore, cristallise par le refroidissement. L'eau la précipite de cette dissolution.

La potasse caustique en dissolution concentrée et portée
à l'ébullition, dissout la kavahine par le refroidissement ;
celle-ci donne un précipité jaune, composé d'une agglomération de cristaux, au milieu desquels se distinguent
de nombreux octaèdres.

D'après les analyses faites à l'hôpital de la marine de
Rochefort, en 1859, par M. Roux, premier pharmacien en
chef et par moi, la kavahine renferme :

Carbone	65,847
Hydrogène	5,643
Oxygène	28,510
	100,000

La kavahine se différencie donc de la pipérine et de la cubébine par les réactions colorées et caractéristiques qu'elle donne avec l'acide sulfurique, et surtout *par l'absence de l'azote* dans sa composition chimique. Elle prend donc rang parmi les principes neutres cristallins et constitue un produit nouveau.

La racine de kava présente conséquemment un grand intérêt au point de vue médical, puisqu'elle peut fournir les médicaments ci-après :

Un alcoolat ;

Un alcoolé, teinture aromatique, jaune citron, d'une saveur piquante, et qui, suffisamment concentrée, laisse pour résidu une oléo-résine jaune avec des cristaux de kavahine ;

Un extrait alcoolique (36 pour 1000) ;

Un œnolé de kava préparé, soit avec l'extrait alcoolique, soit avec l'alcoolé ;

Des pilules d'extrait alcoolique ;

Un sirop balsamique ;

Une résine verdâtre (méthysticine), dans laquelle réside le principe actif du kava ;

Un liquide brun, sirupeux, oléo-résine âcre et piquante ;

Une huile volatile ;

Enfin, le principe neutre cristallin (kavahine).

En 1858, ce principe neutre a été expérimenté, sur ma demande, dans les hôpitaux de la marine de Brest et de Rochefort. On ne lui a reconnu que de faibles propriétés médicales, mais il n'en est pas de même de la résine et de l'oléo-résine du kava.

M. Edmond Wilm a publié dans le *Dictionnaire de chimie pure et appliquée*, de M. Wurtz, membre de l'Institut et doyen de la Faculté de médecine de Paris (1), le résumé ci-après, sur la méthysticine, dans lequel se trouve sur la composition chimique de la kavahine, une lacune qu'il est important de signaler ici :

« La racine du *piper methysticum*, désignée dans les îles
» du Sud sous le nom de *kawa* ou d'*ava*, renferme un pour
» cent d'un principe analogue à la pipérine (2), et que
» Gobley a nommé *méthysticine*; deux pour cent d'une
» résine âcre et aromatique à laquelle sont dues probable-
» ment les propriété sudorifiques du *piper methysticum*.

» Cuzent, qui le premier a étudié ce composé, lui avait
» donné le nom de *kawaïne. (Comptes-rendus*, t. L, p. 435, et
» t. LII, p. 205.)

» La méthysticine cristallise dans l'alcool en petites ai-
» guilles, soyeuses, blanches, sans odorat ni saveur; inso-
» luble dans l'eau. Peu soluble dans l'alcool froid et dans
» l'éther, elle fond à 130° et se décompose à une tempéra-
» ture supérieure. L'acide chlorhydrique et l'acide azoti-
» que la colorent en jaune, l'acide sulfurique en violet.

» La méthysticine renferme, selon Gobley :

» C = 72,03; H = 6,10; Az = 1,12; O = 30,75. (Gobley,
» *Journal de Pharmacie*, tome XXXVII, page 19.)

» Ce produit avait déjà été signalé par Morson, en 1844;
» il a aussi été étudié par Cuzent (3). D'après ce dernier, *il*

---

(1) 14ᵉ Fascicule, 2ᵉ vol., p. 249. — Hachette et Cᵉ, 1872. Paris.

(2) C'est une erreur ; attendu que la *pipérine* est azotée, et que le principe dont il est question *ne l'est pas !* — G. C.

(3) En 1844, M. Morson n'a fait qu'entrevoir le principe cristallin du *piper methysticum*. Il ne lui a pas donné de nom, ne l'a pas décrit, et sa note sur ce piper n'a été publiée qu'en Angleterre, dans le *Pharmaceutical Journal*.

En 1854, je me suis occupé de l'analyse de la racine du *piper me-*

» *n'est pas azoté* et renferme 65,85 de carbone et 5,64 d'hy-
» drogène. »

---

thysticum, ignorant la note de M. Morson, que M. Gobley m'a seulement citée en 1860, lorsqu'il a revendiqué en sa faveur la *priorité* de
la découverte du principe neutre cristallin du kava. (*Journal de Pharmacie et de Chimie*, janvier 1860.)

Ma *priorité* sur celle de M. Gobley ne pouvait être contestée en 1860,
puisque dès le mois d'avril 1857 mes travaux sur le kava avaient déjà
été publiés par ordre de M. Du Bouzet, alors gouverneur de Tahiti,
dans le *Journal officiel* de cette colonie (numéro du 10 avril 1857 du
journal le *Messager de Tahiti*). J'avais donc une avance de *trois ans*
sur M. Gobley.

Du reste, j'avais déjà fait connaître ce nouveau principe neutre
cristallin au monde savant :

1° Par ma publication du 10 avril 1857, dans un journal *officiel*
français;

2° Par un échantillon de ce produit, que j'ai déposé à l'Exposition
permanente des *Produits coloniaux*, à Paris, au mois d'octobre 1858;

3° Par l'insertion de mes travaux sur le kava dans le numéro du
mois de novembre 1858, de la *Revue coloniale*, revue publiée en
France;

4° Par le dépôt d'échantillons de kawaïne (kavahine), en 1858, dans
les collections de produits chimiques des Ecoles de médecine navale
des ports de Brest et de Rochefort;

5° Par mon mémoire adressé à la *Société de Pharmacie* de Paris,
au mois de février 1859;

6° Par le résultat des analyses chimiques de la kavahine, faites en
1859, à Rochefort, par M. Roux, pharmacien en chef de la marine de
ce port, et par moi;

7° Par l'envoi de mon second mémoire à la *Société de Pharmacie*,
qui, cette fois, en accuse réception dans le procès-verbal de sa séance
du 7 novembre 1859;

8° Enfin, par l'envoi d'un échantillon de kavahine à l'*Académie des
Sciences* (*Comptes-rendus*, numéro du 27 février 1860).

Ce qui précède prouve donc surabondamment que ma priorité sur
celle de M. Gobley, à la découverte du principe neutre cristallin de la
racine du *piper methysticum* (kava), ne pouvait être mise en doute.

Dès que j'ai eu connaissance de ce résumé de M. Ed. Wilm, j'ai écrit à M. Wurtz, pour lui signaler l'*omission des* 28,51 *d'oxygène* qui entrent dans la composition chimique de la *kavahine* (*méthysticine* de M. Gobley). Cet éminent chimiste fera sans doute disparaître cette lacune dans la prochaine édition de son importante et si utile publication.

§ IV.

Découverte des îles de l'Océanie. — Initiation des indigènes à la confection des boissons fermentées. — Dissipation instantanée de l'ivresse chez deux soldats; stupéfaction des Tahitiens. — L'ivresse des Tahitiennes et ses conséquences. — Rencontre de Téhéa. — Mesures répressives contre l'ivresse des Tahitiennes.

C'est vers le milieu du XVIe siècle que des navigateurs, depuis restés célèbres, découvrirent les îles de l'Océanie.

En 1567, dans son premier voyage, Mendana découvrit les îles Salomon.

Accompagné dans sa seconde campagne du pilote Queiros, il découvrit, en 1595, les îles *las Marquesas de Mendoça* ou îles Marquises.

En 1605, Queiros découvrit les îles basses ou *Paumotu* (Pomotu, Tuamotu), et Taïti, qui fut d'abord appelée *Sagittaria*.

En 1722, Roggeween découvrit l'île de Pâques.

En 1768, Bougainville rencontra les îles *Samoa* (des Navigateurs).

Le 4 septembre 1774, Cook découvrit la Nouvelle-Calédonie, et les îles Sandwich en 1776. On assure que Mendana avait déjà rencontré les îles Sandwich dès 1568. Vanikoro est devenu célèbre par le naufrage de Lapérouse sur les récifs de cette île.

Admettant à leur table les *Arïis* (rois) et les *Raatiras*

10

grands chefs) de ces îles fortunées, les capitaines Mendana,
Queiros, Roggeween, Bougainville, Cook, Lapérouse, etc.,
traitèrent de leur mieux ces monarques Ils versèrent des
vins de France et d'Espagne, de l'eau-de-vie et du gin, à
ces hommes primitifs qui, jusqu'alors, n'avaient connu
en fait de boissons enivrantes que leur *kava* ou *ava*.
Ceux-ci ressentant les chauds effets de ces nouvelles
liqueurs, satisfaits de leur saveur, ravis de leur
action-stimulante, du bien-être et de la joie expansive qu'elles leur procurait, furent charmés à ce point
qu'ils conçurent aussitôt une véritable passion pour le vin,
et surtout pour les liqueurs alcooliques. Ils préférèrent
l'ivresse bruyante et communicative qu'elles occasionnent
à l'engourdissement stupide produit par le kava, boisson
à laquelle ils ne trouvaient, la veille encore, rien de comparable et dont ils réservaient l'usage exclusif pour leurs
plus grandes solennités.

Dès qu'on eut appris aux Polynésiens la manière de se
procurer les boissons alcooliques, ils s'empressèrent de
soumettre à la fermentation les fruits sucrés de leur pays.
Ils firent fermenter les fruits du *spondias dulcis* (vi, vihi,
E. vii), fruits auxquels, en raison de leur forme, Bougainville donna le nom de *pomme cythère*. Ils agirent de même
avec le jus de l'ananas (païnapo), et celui des fruits du
pandanus odoratissimus (fara) ; avec la pulpe délayée du
dracœna terminalis (ti) et la racine cuite puis délayée du
musa fehii (féhii).

Lorsque Cook eut introduit l'oranger (anani) à Tahiti,
les indigènes soumirent encore le jus des oranges à la
fermentation. Pour différencier toutes ces liqueurs de
leur ava, qu'ils désignaient sous le nom de *ava-tahiti*,
d'*ava-mahoï* (ava indigène), ils les nommèrent *ava papaa*
(ava étranger), et ils leur appliquèrent les noms des fruits

qui servaient à les préparer. De là les noms de : *ava-vihi,*
ava-païnapo, ava-fara, ava-ti, ava-féhii, ava-anani.

Ce n'est qu'à une époque plus rapprochée de nous que
les Océaniens connurent la bière et le champagne, vin
pour lequel la reine Pomaré conçut une prédilection
toute spéciale. Le vermouth, le bitter, l'absinthe, le rhum,
etc., pénétrèrent ensuite dans les îles, et c'est à ces
funestes produits de notre civilisation qu'il faut attribuer
le commencement de la décadence, voire même l'extinc-
tion actuelle de la race polynésienne, naguère si robuste
et si remarquable.

Pendant la conquête de Tahiti par la France, les indigènes, poussés par leur passion pour les liqueurs fortes,
venaient dans nos camps, désireux de satisfaire leur
penchant pour l'ivresse. Pour un petit verre d'eau-de-vie,
nos soldats apprenaient d'avance les attaques projetées
par les assiégés.

Accourant à la tombée de la nuit, les jeunes filles venaient partager la couche des assiégeants, et une fois un
peu grises, on savait d'elles, pour une nouvelle dose de liqueur, tous les mouvements que devait tenter l'ennemi le
lendemain.

Il arrivait encore que pour une bouteille de bière ou
pour une bouteille d'eau-de-vie, les indigènes servaient
de guides à nos colonnes, qu'ils dirigeaient dans les vallées
ou dans des sentiers connus d'eux seuls. C'est à l'aide de
quelques-uns de ces hommes si passionnés pour l'ivresse,
que nos troupes escaladèrent, en 1846, la position jusqu'alors imprenable du fort de Fautahua. Tariirii, aujourd'hui chef du district de Haapape, était l'un de ces
guides.

Après la prise de l'île, la passion des Tahitiens pour
l'ivresse ne fit que s'accroître. Malgré les sévérités de la

police française qui emprisonnait, sans distinction de rang, les indigènes rencontrés en état d'ivresse; malgré les sévères remontrances des missionnaires anglicans, les femmes se livraient souvent pour la moindre des bagatelles, mais toujours pour un verre de liqueur ou pour une bouteille de bière. Leur vénalité n'allait pas au-delà; les choses ont bien changé depuis.

En 1856, un détachement devait se rendre dans la presqu'île, pour relever la garnison du fort de Taravao. Au moment du départ, on apporta deux soldats ivres-morts, devant ma demeure, et en même temps apparut le sergent-major B..., qui venait me prier de dégriser ses hommes, dont l'état avait déjà de beaucoup retardé le départ. Les soldats ivres gisaient étendus sur la route, complètement privés de sentiment. De nombreux indigènes les entouraient et les tahitiennes riaient, disant : *Atahi a uru te pua*; ils sont là comme des porcs!

Ayant préparé un verre d'eau sucrée, additionnée de vingt gouttes d'ammoniaque liquide, je sortis. Puis, aidé du sergent-major, qui souleva ses soldats, je leur comprimai les narines tout en leur faisant avaler de force, et d'un seul trait, mon breuvage. A peine celui-ci fut-il ingurgité, que les buveurs se débattirent, et se frottant le nez, ils toussèrent, crachèrent à qui mieux mieux. Se relevant soudain, ils considérèrent un instant d'un air hébété la foule ébahie; puis, ramassant leur képi, ils se huchèrent seuls sur la charrette, déjà chargée de bagages, qui devait les suivre, et partirent avec le détachement.

Il est impossible de dire la stupéfaction des indigènes, qui se regardèrent, les femmes surtout, d'un air craintif, ne pouvant comprendre cette subite métamorphose. *Aue, aue!* dirent-elles, en me considérant : *Tute atahi a uru te Atua !!!* C.... est comme le bon Dieu, il ressuscite les morts; il est sorcier!.... Une fois ce premier moment de surprise passé, la joie fit explosion dans la foule, et les femmes s'en allèrent en sautillant colporter par la ville cette étrange nouvelle.

La bière est de nos jours la boisson favorite des Tahitiens des deux sexes. On sait que pour conserver ce produit quand on l'exporte au loin, on y ajoute un peu d'alcool. C'est la raison qui fait que la bière des colonies grise, si l'on en fait abus. Elle coûte aussi fort cher, et pour se la procurer à un prix raisonnable, il faut l'acheter en paniers ou en caisses de douze bouteilles ; car au détail elle se vend de 1 franc à 1 franc 50 centimes. Une bouteille de bière ne suffit jamais au Tahitien. Quand il commence à en boire, il lui en faut six ou huit, et souvent plus. C'est avec une avidité sans pareille, avec une véritable gloutonnerie qu'il avale, plutôt qu'il boit, cette boisson qui le grise bientôt.

Excitées par les premiers effets de l'ivresse, les femmes se parent la tête de fleurs de *miri (ocimum basilicum)*, basilic, et l'œil ardent, elles se rendent chez les Européens, qu'elles supposent avoir de la bière de provision : les plus récalcitrants succombent. Elles boivent donc jusqu'à ce que, devenues complètement ivres, elles tombent alourdies sur le plancher, où le sommeil s'empare de leur personne inanimée.

Un matin, je rencontrai titubant, la tête ceinte de *miri*, et le corps enlacé de *mairé (polypodium scandens)*, fougère odorante, la plus jolie et la plus élégante des filles de Papéiti. C'était Téhéa, la belle, comme on l'appelait. Profitant de l'absence ou des heures de service de son amant, Téhéa se rendait alors au pavillon habité par les officiers, où elle savait pouvoir trouver, au moins, un généreux ami.

D'aussi loin qu'elle m'aperçut, Téhéa me cria un *Ia ora na*, bonjour, si caractérisé, que soudain je m'arrêtai pour l'attendre.

— La bière commence à produire son effet, lui dis-je? — *Aita* (non), répondit-elle!.. Reprenant d'un air narquois, elle me dit : — *Aita te pia*, ce n'est pas de la bière ; *vau inu te toto no Jétu Tirito ; vau inu te vina*!... c'est le sang de Notre-Seigneur Jésus-Christ que j'ai bu ; c'est du vin! Puis, la bacchante se prit à courir, remplissant l'espace de ses rires avinés.

Peu de mois après cette scène, le protecteur de Téhéa s'embarqua pour la France. A dater de ce jour, cette malheureuse fille ne mit plus de bornes à sa débauche. Son existence, devenue vagabonde, lui valut des maux qui la forcèrent bientôt à entrer au dispensaire, où la police la conduisit un jour. Après s'être enivrée, une nuit elle s'évada de l'hôpital pour aller mourir misérablement sur un grabat, dans un district de la presqu'île, le corps rongé par la syphilis !

Dans le but de réprimer l'ivresse, au moins chez les femmes, M. le gouverneur Dubouzet, de concert avec la reine Pomaré, décréta que les femmes rencontrées ivres sur les chemins, seraient arrêtées et conduites à l'hôpital, d'où elles ne sortiraient qu'après avoir subi une visite sanitaire ; que celles reconnues saines iraient en prison, mais que les filles contaminées resteraient au dispensaire pour y être traitées jusqu'à leur guérison complète. C'est dans ces conditions que Téhéa fut amenée à l'hôpital de Papéiti.

Cette visite avait surtout pour but de détruire le *tona* (syphilis) que, dans leur état d'ivresse, les femmes propageaient sans scrupules. Nos soldats et nos équipages payaient en effet un large tribut à cette affection, et cette maladie était devenue si commune à Papéiti, que lorsqu'il fut question de séquestrer et de soumettre à la visite, ainsi qu'à des traitements rationels, les femmes indigènes atteintes de syphilis, les *mutoïs* ou *imiroas* (agents de la police tahitienne), qui reçurent l'ordre de conduire à l'hôpital les femmes déclarées par les marins malades, répondirent avec une grande naïveté : « Si c'est pour le » tona que l'on va arrêter ces femmes, il faudra alors » amener toutes les Tahitiennes à l'hôpital (1). »

Cette mesure produisit de très-bons effets ; à partir de ce moment, l'ivresse et la syphilis diminuèrent d'une manière sensible, et nous pûmes, Prat et moi, le constater par le nombre beaucoup plus restreint des entrées à l'hôpital. A l'époque où nous quittâmes la colonie, le 16 mai 1858, on ne voyait plus au dispensaire que les mêmes femmes, les plus jolies il est vrai, les plus recherchées par conséquent, celles chez lesquelles le vice de l'ivrognerie était à tout jamais enraciné et la syphilis devenue constitutionnelle.

Essentiellement indolent et paresseux de sa nature, le Tahitien recherche toujours les choses qui lui occasionnent le moins de peine à se procurer. C'est pour cette raison que l'*eau-de-vie d'oranges*, dont, en dernier lieu, je vais m'occuper, et qui, de toutes les boissons fermentées du pays, est la plus facile à préparer, est devenue la liqueur enivrante indigène qu'il choisit de préférence.

_____

(1) *Topographie médicale de l'île Taïti.* Dr Prat, page 41. 1869. Toulon.

§ V.

Introduction de l'oranger à Tahiti. — Sa dissémination dans l'île. — Le commerce des oranges. — Mode de chargement. — La maladie des orangers et ses causes.

Depuis son introduction à Taïti, l'oranger n'y est encore l'objet d'aucune culture.

Cet arbre a été introduit par Cook, qui en planta quelques jeunes sujets à Matavaï, district de Haapapé, situé à la pointe Vénus, nom qui fut donné à cette pointe en souvenir de Cook qui s'y établit pour observer le passage de la planète Vénus au-dessus du disque du soleil (1).

C'est à la pointe Vénus que se trouvent les plus beaux orangers, les plus gros, les plus anciens de l'île. Ce bel arbre s'est disséminé insensiblement sur tous les points de Tahiti et a pénétré de là dans les autres îles de l'archipel, à Huahine, Raiatéa, Bora-Bora, Maupiti.

C'est au long des plages et à l'entrée des vallées de Tahiti qu'il se voit en plus grande abondance. Près des

(1) *Introduction générale du Voyage dans l'hémisphère austral et autour du monde, etc., etc., sur les vaisseaux l'Aventure et la Résolution*, de 1772 à 1775, par Cook.

habitations il est parfois planté si dru qu'il forme alors des espèces de clôtures pour les propriétés. Ailleurs, sur la partie plate et fertile du pourtour de l'île, dans certaines vallées, il se montre éparpillé sans ordre, entremêlé aux arbres à pain et surtout aux goyaviers, ce véritable fléau de l'île.

Importé du Brésil, par Bicknell, en 1815, le goyavier s'est tellement multiplié depuis, qu'il est devenu un obstacle sérieux à toute espèce de culture. Son extirpation entraîne avec elle des difficultés et des frais considérables. Son bois pourrait servir à faire du charbon ou des manches d'outils. Les fruits de cet arbrisseau (*psidium pyriferum*), *tuava* des indigènes, sont si considérables qu'il en pourrit chaque année des quantités incalculables sur le sol, bien que les porcs en fassent à cette époque la base principale de leur nourriture et que les indigènes en consomment, comme régal, de grandes quantités. Si, comme aux Antilles, on en faisait des gelées et des pâtes, on trouverait gratuitement à Tahiti, dans ces fruits qui se perdent, les éléments d'un commerce très rémunérateur.

En 1857, un industriel, M. Manson, vint à Papéiti avec l'intention de fabriquer de l'alcool de goyaves. Il fit ses premiers essais à l'hôpital de la marine, dans mon laboratoire, autorisé par M. le gouverneur, qui me pria de mettre à sa disposition les alambics de l'Etat. Mais, complètement inexpérimenté dans ce genre d'industrie, M. Manson ne fut pas heureux dans ses essais; il dut renoncer à son idée. J'ignore si depuis quelqu'un a repris ces expériences qui certainement réussiront, quand un distillateur entendu pourra les renouveler.

Les orangers qui croissent au fond des vallées se rencontrent au point où les indigènes se reposent, lors de leurs excursions dans les montagnes, à la recherche du *fèi*

11

(*musa Jehi*). Pendant ces courses fatigantes, ils aiment à s'arrêter en maints endroits, soit pour fumer ou manger, soit pour faire la sieste. Aussi les pépins d'oranger ne tardent-ils pas à germer partout où la main négligente du tahitien les laisse tomber, et voilà comment se sont formés ces taillis délicieux qu'on rencontre si loin des plages.

Un troisième mode de dissémination est dû, chose singulière, aux hostilités qui jadis ont régné entre nous et les Tahitiens. Nos troupes occupant les plages, les indigènes, contraints de gagner le centre de l'île, allèrent camper sur des plateaux, sur des cols peu élevés, ou se réfugièrent dans des cavernes éloignées et connues d'eux seuls. Des orangers en bouquets plus ou moins touffus signalent aujourd'hui ces localités à l'attention du voyageur. Comme exemple, nous citerons ceux du plateau du Tamanu, ceux de l'Anaorii, au fond de la vallée de Papenoo, etc.

Répandu comme je viens de le dire, le *citrus aurantium* (l'oranger) a donné naissance, sur tous les points de l'île, à de nombreuses variétés qu'il faut uniquement attribuer à la nature et à l'exposition des terrains, à leur degré plus ou moins grand d'humidité ou de sécheresse.

Les meilleures oranges de l'île sont celles de Haapapé. Très-recherchées sur le marché de Papéiti, elles offrent un volume remarquable, une belle couleur jaune, une peau assez mince et se recommandent par leur goût exquis. Un caractère bizarre de ces fruits, c'est qu'ils présentent une dépression qui, partant du pédoncule, se dirige vers le tiers supérieur de la circonférence. Cette dépression manque rarement et figure sur la peau de l'orange une ligne très-nettement accusée.

Les oranges qu'on récolte sur les hauteurs du district d'Arué sont aussi de qualité supérieure. Plus petites que les précédentes, à peau plus fine, elles rivalisent avec celles-ci pour la saveur et se signalent par l'avortement presque constant de leurs pépins, et par leur maturation tardive.

Les orangers fleurissent en général de septembre en octobre; un peu plus tôt dans la presqu'île et dans la partie Est de Tahiti. Aussi les premières oranges qui paraissent à Papéiti proviennent-elles de Taiarapu, alors que celles de la grande péninsule sont encore vertes.

A la fin d'août les oranges disparaissent complètement du marché. Altérées par une maturité trop avancée, dévorées par les insectes, elles tombent de l'arbre et jonchent le sol, où elles ne tardent pas à fermenter en exhalant au loin une forte odeur alcoolique.

Les oranges font l'objet d'un commerce important entre les îles de la Société et la Californie. Ces fruits qui, à Tahiti, s'achètent à raison de 25 francs le mille, payables le plus souvent en marchandises, trouvent facilement preneur, à l'arrivée à San-Francisco, au prix de 200 à 300 francs, ce qui, malgré les pertes résultant nécessairement de la traversée, constitue encore un assez beau bénéfice.

Ce sont des navires anglais et américains, goëlettes ou trois-mâts-barques, qui, vers le mois de février, viennent à Tahiti prendre pour San-Francisco des chargements d'oranges. Chaque année, l'archipel de la Société en exporte au moins huit millions pour la Californie.

Sitôt qu'ils aperçoivent un navire se dirigeant vers leur district, les habitants s'empressent d'aller au-devant, qui en baleinières, qui en pirogues, pour le piloter dans la passe ou au milieu des pâtés de coraux qui bordent la plage. Les capitaines, déjà connus des chefs, se dirigent presque toujours vers la même baie.

Les points les plus fréquentés par ces navires sont :

Paéa, Papara, Papéuriri, Hitiaa, Mahaéna pour la grande péninsule, et Téahupoo, Tautira, Puéu pour la presqu'île. Dans quelques-uns de ces endroits, les grands navires peuvent se rapprocher assez de terre pour que la communication puisse s'établir au moyen d'une simple planche.

Le navire mouillé, les Tahitiens s'occupent de la récolte. Des courtiers accourus de Papéiti se répandent aussitôt dans les différents districts pour y acheter les fruits aux indigènes à raison de 25 francs le mille, rendu à bord. Le paiement se fait moitié en argent, moitié en marchandises, et le plus souvent tout en marchandises. Aussi, les malheureux indigènes sont-ils exploités d'une manière indigne et se trouvent-ils acquérir ainsi, à des prix exorbitants, des objets de la valeur la plus mince, tels que : haches, plaques de fer, peinture, cotonnade, parures, etc., tous articles de pacotille. Ils en sont donc et pour leurs produits et pour leur peine, ce qui n'aurait pas lieu si l'on forçait, et ce serait justice, ces honnêtes industriels à les solder en espèces.

Le chargement se fait de la manière suivante : une grande case est dressée non loin du lieu de l'embarquement. L'on y confectionne des caisses rectangulaires, très-légères, faites avec des branches décortiquées de purau (*hibiscus tiliaceus*), qu'on oppose l'une à l'autre et qu'on réunit au moyen de lanières d'écorce. Ces caisses ressemblent à des cages, ouvertes qu'elles sont de tous les côtés; leur contenance est de 500 et de 1,000 oranges.

Les oranges sont réunies au bas des arbres par des enfants et rassemblées par des femmes dans des paniers faits avec des feuilles de cocotier. On les porte ensuite à l'endroit où est ancré le navire qui doit les emporter. Là on les dépose sous le long hangar. Lorsqu'il y a un nombre suffisant d'oranges, des femmes les enveloppent une à une dans des feuilles sèches de *pandanus* : une habile ouvrière peut envelopper 1,200 oranges dans sa journée ; elle gagne 90 centimes à ce travail.

Chaque indigène apporte donc le produit de ses terres, et toutes ses oranges, vertes encore ou d'un jaune verdâtre, sont au fur et à mesure de leur arrivée au hangar, triées et comptées par le courtier et par le capitaine du navire.

Des femmes et des enfants, réunis en grand nombre, enveloppent ensuite une à une les oranges acceptées dans des feuilles sèches de pandanus et, les réunissant par groupes de cinq, ils les déposent symétriquement dans les caisses, de manière à ne pas les froisser. Ces caisses sont embarquées et placées avec ordre dans la cale.

La saison des oranges commence au mois de février et finit en septembre. Pendant cette partie de l'année, on peut voir le fruit sous tous ses aspects : en fleurs, vert, demi-jaune et mûr. Le fruit se cueille encore vert au printemps, demi-mûr en été ; on ne le cueille complétement mûr qu'à sa chute. L'expérience a prouvé que ces conditions sont les meilleures pour les fruits destinés à l'exportation. La Californie consomme à elle seule environ cinq cent mille oranges chaque année, provenant des îles de la Société.

Le *citrus nobilis*, orange mandarine, a été importé à Tahiti ; mais cette délicieuse espèce n'y est pas très-répandue encore, son introduction ; due au docteur Johnstone, ne datant que de 1845. J'en ai trouvé, en 1858, une belle allée dans l'enclos du camp de l'*Uranie*, près de Papéiti.

Maladie des orangers : Ses causes. — Pendant les derniers mois de mon séjour à Tahiti, j'ai été frappé de la grande quantité d'orangers malades. C'est là un fait très-sérieux,

sur lequel on ne saurait trop attirer l'attention des indigènes, celle des colons et la sollicitude éclairée du gouvernement du protectorat. Il y a là en effet une grave question
d'avenir pour ce pays. Les arbres atteints par la maladie
sont ceux qui croissent près du littoral et à l'embouchure
des vallées. Cette maladie des orangers, qu'on pourrait
tout d'abord comparer à l'*oïdium* du raisin ou à la maladie de la pomme de terre, diffère de ces deux fléaux de
nos cultures. Les premiers symptômes se manifestent sur
les feuilles du sommet de l'arbre qui se recouvrent de
cryptogames noirs et se dessèchent. En 1864, j'ai observé
à la Guadeloupe une altération analogue sur les feuilles
des rameaux supérieurs des manguiers (*mangifera indica*).
Les fruits — mangues et mangots, — devenaient malades
et l'on ne pouvait en faire usage.

La mortification des feuilles de l'oranger gagne peu à
peu les grosses branches inférieures, les fruits, l'écorce
même de l'arbre qui finit par périr. L'altération du fruit
commence par l'apparition d'une pellicule grise qui enva-
hit toute la peau et rend l'orange rugueuse. Celle-ci se
dessèche, s'atrophie et ressemble alors à une pomme grise
de reinette. A l'intérieur on trouve des concrétions dues à
l'agglomération de cellules sèches, et un suc acide gorge
celles qui sont restées intactes.

Comme remède on a essayé la décortication des orangers;
les arbres ont donné de bons fruits la première année,
mais cela ne les a pas empêché de succomber la deuxième
ou la troisième année. On ne saurait s'en étonner, car
l'oranger souffre des lésions pratiquées sur son écorce et
je l'ai constaté chez des sujets exposés à la dent des
chèvres, très-friandes de cette écorce, malgré son extrême
amertume. Presque tous les orangers qui bordaient la
route de Papaoa, que parcourait chaque jour des trou-

peaux, étaient plus ou moins mordillés jusqu'à la hauteur où l'animal pouvait atteindre.

L'on a voulu attribuer la maladie des orangers à la piqûre d'un insecte, sorte de punaise noire très-commune dans la saison des goyaves, mais rien, selon moi, ne vient à l'appui de cette opinion : la maladie des orangers, je le répète, n'atteint que les arbres de la plage et ceux qui se trouvent à l'entrée des vallées.

Les orangers du fond des vallées, ceux des hauteurs, des plateaux, sont restés forts et vigoureux ; ils donnent des fruits excellents. Or, c'est au pourtour de l'île, c'est à l'embouchure des vallées que le goyavier s'est multiplié d'une manière désolante. Le goyavier appauvrit le sol, ne laisse aux arbres vigoureux, qu'il étouffe de ses racines, de sa végétation touffue et serrée, qu'une terre sèche et complétement épuisée. C'est ainsi qu'ont péri des arbres gigantesques : des *spondias dulcis*, des *artocarpus incisa*, dont j'ai vu les troncs dénudés s'élever au milieu des bois touffus de goyaviers, comme pour témoigner de la redoutable et pernicieuse influence de ce végétal sur le développement de la maladie qui depuis peu de temps frappe les orangers. Il est donc indispensable de déblayer le terrain de ce parasite dangereux, si on veut sauver les orangers et s'occuper de leur culture.

§ VI.

De l'eau-de-vie d'oranges : sa préparation, les libations, l'ivresse, ses funestes conséquences. — Crime de Taaé dit Oopa : son jugement, sa condamnation à mort, son recours en grâce. — Lettre de la reine Pomaré, commutation de la peine du meurtrier.

Les Tahitiens font une consommation prodigieuse d'oranges pendant toute la saison. Outre cette consommation en nature, ils préparent avec le suc de ces fruits une boisson fermentée, sorte de vin appelé *namu* par les Européens et *ava anani* par les indigènes : c'est l'eau-de-vie d'oranges. — Cette préparation, aujourd'hui sévèrement interdite par la police française à cause des excès de toute nature dont elle devint l'occasion ou le prétexte, se fait nécessairement en cachette et au loin, dans les montagnes ou au fond des vallées.

Deux ou trois jours avant la date fixée pour la réunion, les indigènes se rendent furtivement au lieu convenu pour préparer le breuvage convoité. Les oranges sont promptement dépouillées de leur écorce et divisées au moyen d'un morceau de bambou effilé. Un baril, défoncé par un bout, fait l'office de récipient et reçoit le jus exprimé par la pression des fruits sur la partie supérieure et arrondie d'un piquet disposé auprès de son ouverture. A défaut de barils, de gros tronçons de bambou en tiennent lieu et sont, une fois remplis, soigneusement cachés dans les arbres, au sein du feuillage, durant une couple de jours, pour donner à la fermentation le temps de s'accomplir.

Le baril suffisamment pourvu de jus, celui-ci est dépuré au moyen d'une poignée de filaments (môu) que l'on y promène et qui se chargent des débris de cellules les plus volumineux, puis le fût est soigneusement recouvert avec des feuilles de purau *(hibiscus)* et enfoui dans le sol jusqu'au moment impatiemment attendu des libations.

Au bout de quarante-huit heures, le liquide présente une forte couche d'écume dans laquelle sont emprisonnés les corps étrangers qu'il tenait en suspension; il s'est éclairci et a pris une agréable teinte rougeâtre : il est tout-à-fait à point.

Hommes et femmes s'empressent alors vers le lieu du rendez-vous, mais en suivant des sentiers détournés. Ils ont grand soin de ne quitter leur village qu'un à un, afin de ne point éveiller l'attention des agents de la police indigène (mutoï). Mais, en dépit de toutes ces précautions, il est rare que ces derniers n'aient pas connaissance ou soupçon du délit. Aussi, bien souvent, au grand désarroi des buveurs, ils tombent inopinément au milieu de l'orgie pour y saisir quelques-uns des délinquants, qu'une ivresse complète leur livre sans défense et qu'ils envoient en prison pour cuver leur vin d'*anani*.

Quoi qu'il en soit, les fidèles réunis, l'on place des vedettes en bon nombre pour se donner autant de sécurité que possible, puis on prend quelques aliments pour la forme, mais on danse beaucoup, on chante et surtout l'on boit à bouche que veux-tu. La coupe de coco circule sans relâche au sein de la réunion de plus en plus bruyante, que les échos indiscrets ne manqueront pas de trahir. Sous ce ciel

12

brûlant, deux coupes de vin d'orange suffisent, en moyenne, pour amener l'ivresse.

Alors les danses deviennent de plus en plus échevelées, des cris rauques, plutôt que des chants, s'exhalent de ces poitrines haletantes ; une convoitise ardente et sauvage éclate dans les regards des hommes, tandis que chez leurs dignes compagnes tout concourt, gestes et poses lascives, attitudes provoquantes, à les amener aux dernières limites du paroxysme, et bientôt les danseurs gisent confondus dans des étreintes convulsives et bestiales......

La liqueur est épuisée, les passions brutales sont assouvies ; la satiété et la fatigue, non moins que la nuit qui s'avance, font songer au retour. Chacun tire alors de son côté ; mais les feux allumés pour éclairer la retraite, en apparaissant sur la montagne, indiquent aux mutoïs la trace des buveurs...... Le front ceint des tiges du miri (basilic), le corps enlacé de guirlandes d'*au-ti* (feuilles du *cordyline australis*), ou de frondes de fougères odorantes (*polypodium scandens*), les femmes rappellent les bacchantes des saturnales antiques. Leurs éclats de rire, leur caquetage bruyant ne manque pas de les trahir et d'appeler l'attention de la police, qui met la main sur ces vierges folles et les envoie finir en prison la fête si joyeusement menée durant le jour. Le lendemain, le juge les condamne à une amende et à un certain nombre de jours de travail au profit du Gouvernement. Les hommes, on le pense bien, ne sont ni moins justement, ni mieux traités.

Les orgies dont nous venons de tracer seulement l'esquisse ne sont encore que trop fréquentes. Il ne se fait pas un chargement d'oranges que tous les gens du district où se récoltent les fruits ne préparent en secret du vin d'anani. Aussi, sont-ils ivres presque tous les soirs, encouragés

qu'ils sont parfois par les équipages des navires, qui man-
quent rarement de venir se joindre à eux.

Ces libations ne se terminent pas toujours d'une façon
inoffensive. Le fait suivant, survenu pendant que j'étais
encore à Papéiti, en est la preuve :

Le lundi, 18 août 1856, à huit heures du soir environ,
les habitants de Arué, district de Fáaa, amenèrent à la
maison d'arrêt de Papéiti un homme qui venait de tuer
d'un coup de hache le nommé Térépohé, son voisin. Ce
meurtrier, appelé Taaé, dit Oopa, vivait avec Térépohé
dans une intimité qui, au dire des voisins, allait très-loin.
Mais la jalousie d'Oopa ne s'éveillait que lorsque le feu
des boissons alcooliques venait secouer son apathie ordinaire, et rallumer dans son sein un vieille haine qui cou-
vait sourdement, peut-être, sans s'éteindre jamais. Dans
ces circonstances, il avait parfois proféré des menaces contre Térépohé, sans jamais y donner de suite.

Lundi soir, Oopa était étendu dans sa case avec quelques amis, par une de ces belles nuits si communes sous
le climat de Tahiti. On avait bu force rasades d'eau-de-vie
d'oranges et les têtes s'étaient échauffées. Oopa étant un
moment sorti, trouva à son retour chez lui Térépohé seul
avec sa femme. Leur contenance lui parut si embarrassée,
que des soupçons se présentèrent en foule à son esprit et
qu'une querelle s'en suivit. Térépohé quitta alors la case
de Taaé suivi de sa femme. Que se passa-t-il ensuite ?
Personne ne l'a vu. — Au bout de quelques instants les
voisins entendirent des voix du côté de la maison d'Oopa ;
un grand cri retentit, et rien ne troubla après le bruit des
vagues qui roulaient écumantes à travers les récifs.

Quand on accourut avec des torches, on trouva en dehors
et près de la porte d'Oopa, enveloppé dans une natte, un
cadavre portant au sein gauche une profonde blessure.

Assis au milieu de sa case, le meurtrier se laissa garotter sans résistance et conduire en prison. Interrogé par le directeur des affaires européennes, chargé de la police, Oopa avoua son crime et raconta sans hésiter et sans restriction aucune, toutes les circonstances de l'acte qu'il venait de commettre (1).

Le 27 août, il comparut devant la haute cour des juges indigènes (toohitus). Ce tribunal étant le dernier degré de la juridiction indigène, ses jugements sont sans appel et seulement susceptibles de recours en grâce. Composée de sept grands juges, la haute cour ouvrit sa séance en présence d'une foule d'indigènes accourus de tous les points de Tahiti, ainsi que des îles voisines.

Assis sur une estrade, autour d'une table disposée en fer à cheval, les juges, en robe rouge et présidés par Taïrapa, étaient : Nuutéré, Haérotaï, Tariirii, Nounou, Taamu et Roura. En bas et à droite de l'estrade, était Poroï, et à gauche, Oté qui remplissait provisoirement l'office de ministère public, fonction laissée vacante par la mort toute récente du toohitu Maré.

Une fois introduit, l'accusé conserva le même calme que celui dont il avait déjà fait preuve au moment de son arrestation. L'audition des témoins terminée, la femme d'Oopa avoua qu'à l'instant de la rentrée de son mari à la case, elle venait de se rendre coupable d'adultère avec Térépohé.

L'audience fut renvoyée au lendemain; une fois la cause suffisamment entendue, le ministère public posa ses conclusions... Le tribunal condamna le meurtrier à la peine de mort et il acquitta sa femme!

Cette condamnation produisit une vive et pénible im-

(1) *Messager de Tahiti*, du 24 août 1856.

pression sur la partie européenne de l'auditoire, qui comptait sur plus d'indulgence de la part d'une race d'hommes qui d'ordinaire se montrent moins soucieux de la vertu de leurs femmes et de leurs filles. Cette sentence n'étant plus susceptible que d'un recours en grâce, Oopa en référa à la clémence de la reine Pomaré qui demanda « à regarder dans son esprit », c'est-à-dire, le temps de la réflexion.

La demande de ce délai répandit dans le public une certaine inquiétude, et les bruits les plus sinistres ne tardèrent pas à circuler. La reine, disait-on, qui avait déjà gracié plusieurs condamnés, se reprochait son indulgence comme une faiblesse, et l'on assurait qu'elle ne pardonnerait pas cette fois. Cependant, le 3 septembre, S. M. écrivit à M. le gouverneur commissaire impérial, qu'elle venait de prendre une décision; voici sa lettre :

« Papéiti, 3 septembre 1856.

» Monsieur le Commissaire Impérial,

» Je vous salue au nom du vrai Dieu. Voici ma parole
» à vous :
» J'ai réfléchi sur la justice de la peine qui a été
» infligée par les toohitus à Taaé, qui avait été accusé
» d'avoir assassiné Térépohé, et voici la décision à laquelle
» je me suis arrêtée.
» Je vous informe clairement, M. le commissaire impé-
» rial, que je n'approuve pas la peine de mort que lui ont
» infligée les toohitus.
» Je vous informe que je fais grâce à Taaé; il ne sera
» pas pendu.

» Voici la peine qui me paraît juste pour son crime :
» C'est la prison avec le travail pour le gouvernement,
» pendant deux années.

» Assez parlé.

» Je vous salue au nom du vrai Dieu.

» La reine des îles de la Société,

» Pomaré. »

L'influence française fut d'un grand poids dans cette décision de la reine, qui toujours hésitait. Par suite de cette commutation inespérée, Oopa fut placé comme aide-cuisinier, à l'hôpital de la marine où il resta pendant tout le temps de sa condamnation. Cet homme avait une nature douce, et personne ne pouvait se figurer qu'il se fût rendu coupable d'un pareil crime. Mais l'*ava-anani* avait troublé sa raison, et dans un moment d'ivresse, devenu complètement fou, il avait accompli un meurtre qu'il ne cessa jamais de déplorer.

TABLE

—

§ I.

§ II.

§ III.

§ IV.

§. V.

§ VI.

BREST. — IMPRIMERIE DE J. B. LEFOURNIER AÎNÉ, GRAND'RUE, 88

www.ingramcontent.com/pod-product-compliance
Lightning Source LLC
Chambersburg PA
CBHW071114260626
47162CB00006B/2323